아들에게 엄마가 필요한 100가지 이유

아들에게 엄마가 필요한 100가지 이유

그레고리 E. 랭 글·사진 | 이혜경 옮김

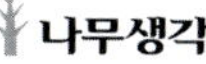

나무생각

내 형제들 데이비드, 케빈, 조디를 대표하여
우리 어머니 글로리아 다이앤 브라운 랭에게

아들에게는 우리 아들이
잘 생겼다고 말해주는 그런 엄마가 필요하다.

A son needs a mom to tell him he is handsome.

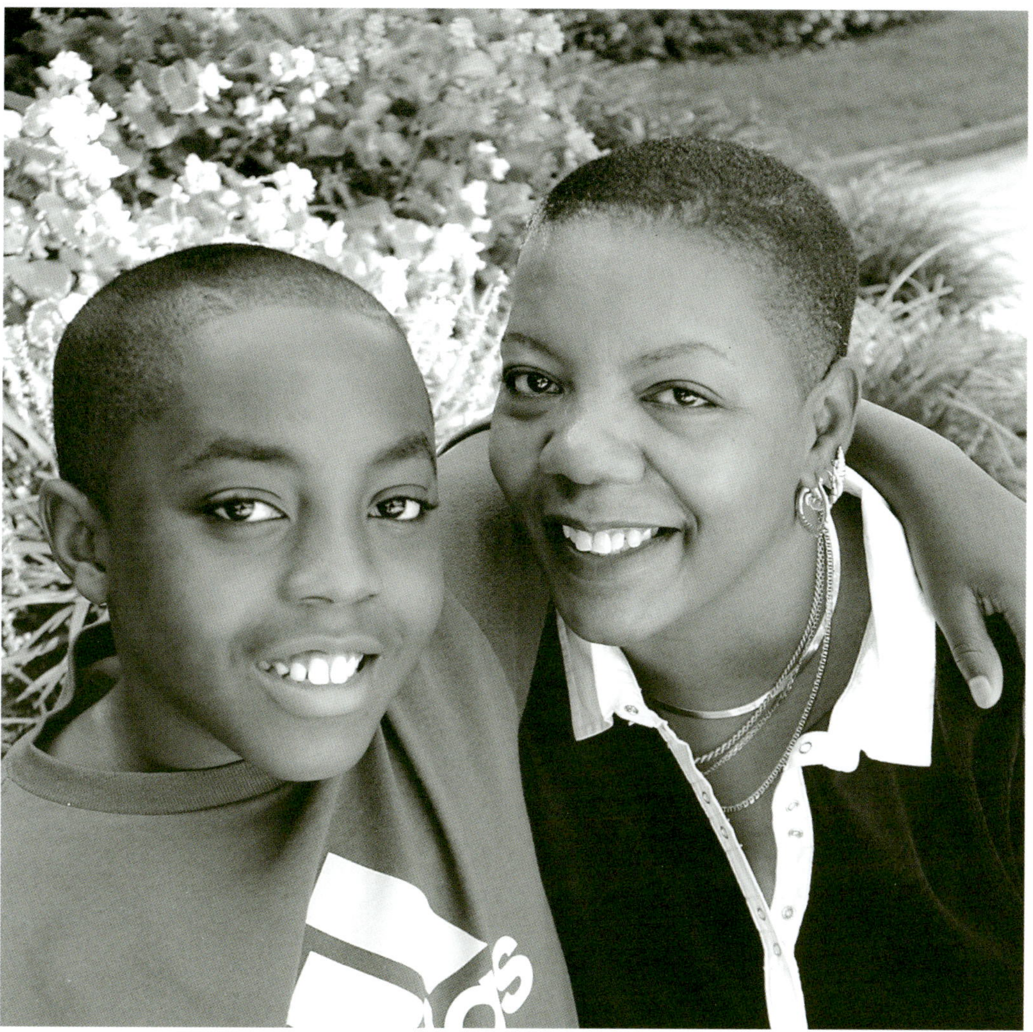

아들에게는 버릇없이

자라지 않도록 신경 써주는 그런 엄마가 필요하다.

A son needs a mom to see that he does not become spoiled.

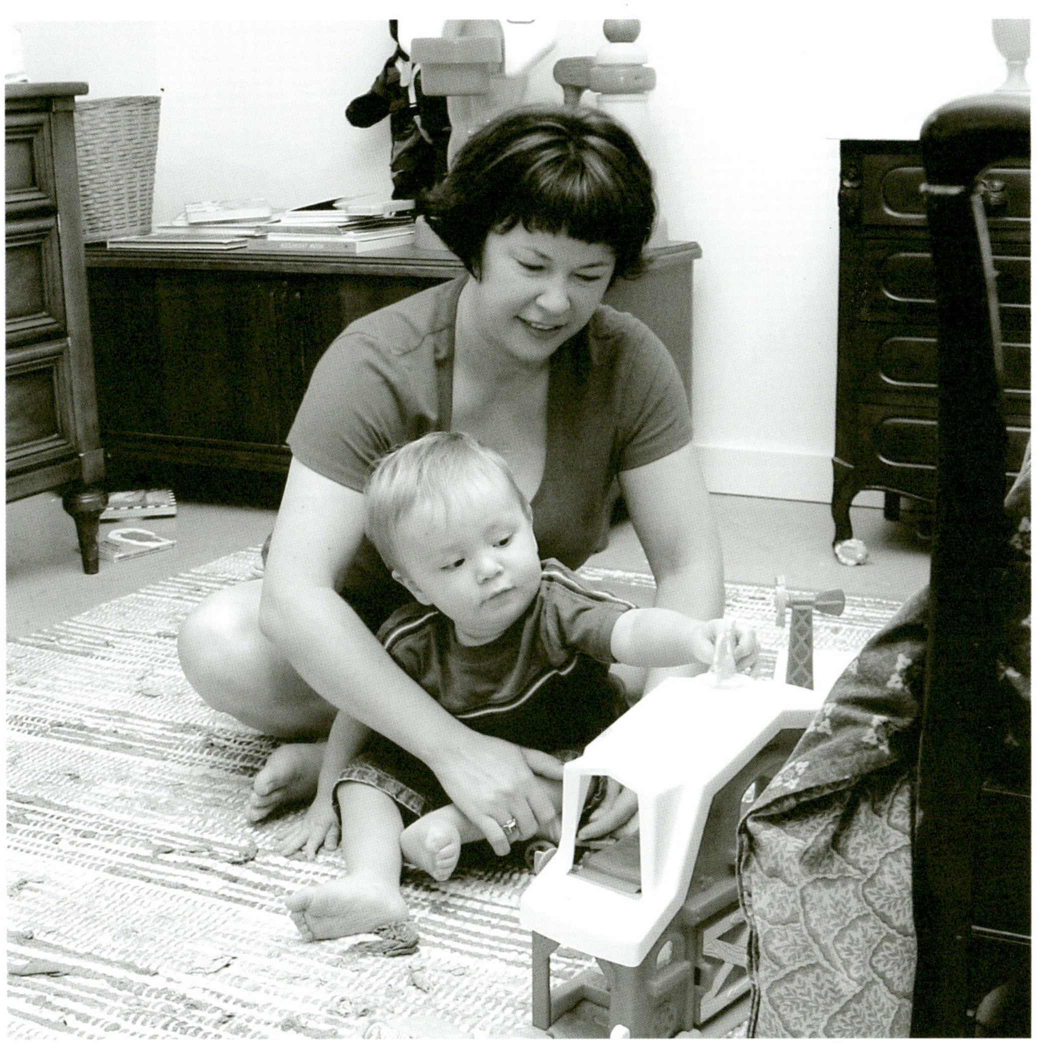

아들에게는 경기에 임할 때는
공정해야 한다고 가르치는 그런 엄마가 필요하다.

A son needs a mom to teach him to play fair.

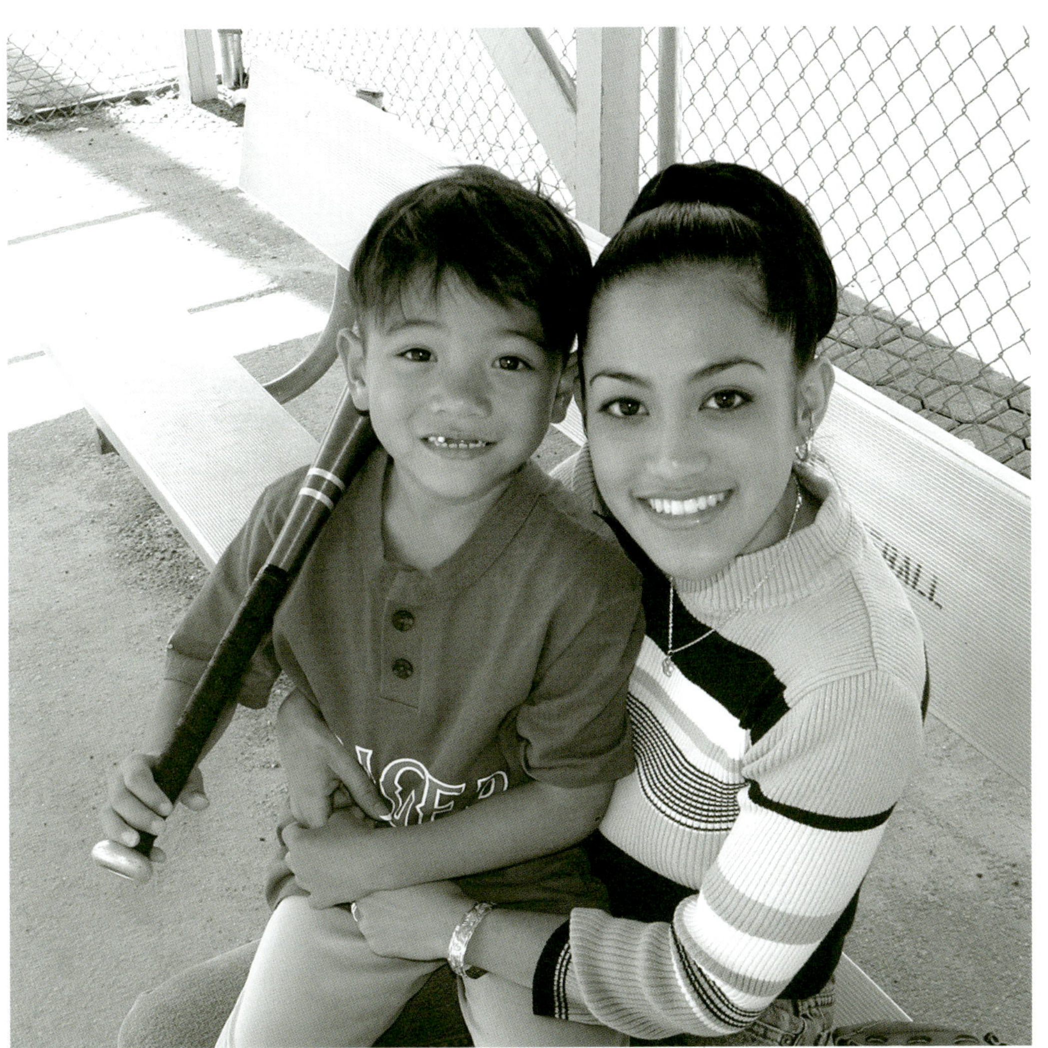

아들에게는
가슴의 상처가 오래 가지 않을 거라며 안심시켜주고
다양성이 지닌 풍요로움을 알아볼 수 있게 도와주는 엄마,
당혹스럽다고 하던 일을 멈춰서는 안 된다고 가르치며
아무도 자신을 믿어주지 않는 것 같을 때도 아들을 믿어주는
그런 엄마가 필요하다.

A son needs a mom···

to assure him that his heartache will not last forever.

to help him see the richness of diversity.

to teach him that embarrassment is not a reason for quitting.

to believe in him even when it seems no one else does.

아들에게는 신뢰할 수 있는

절친한 친구가 되어주는 그런 엄마가 필요하다.

A son needs a mom to be his trusted confidante.

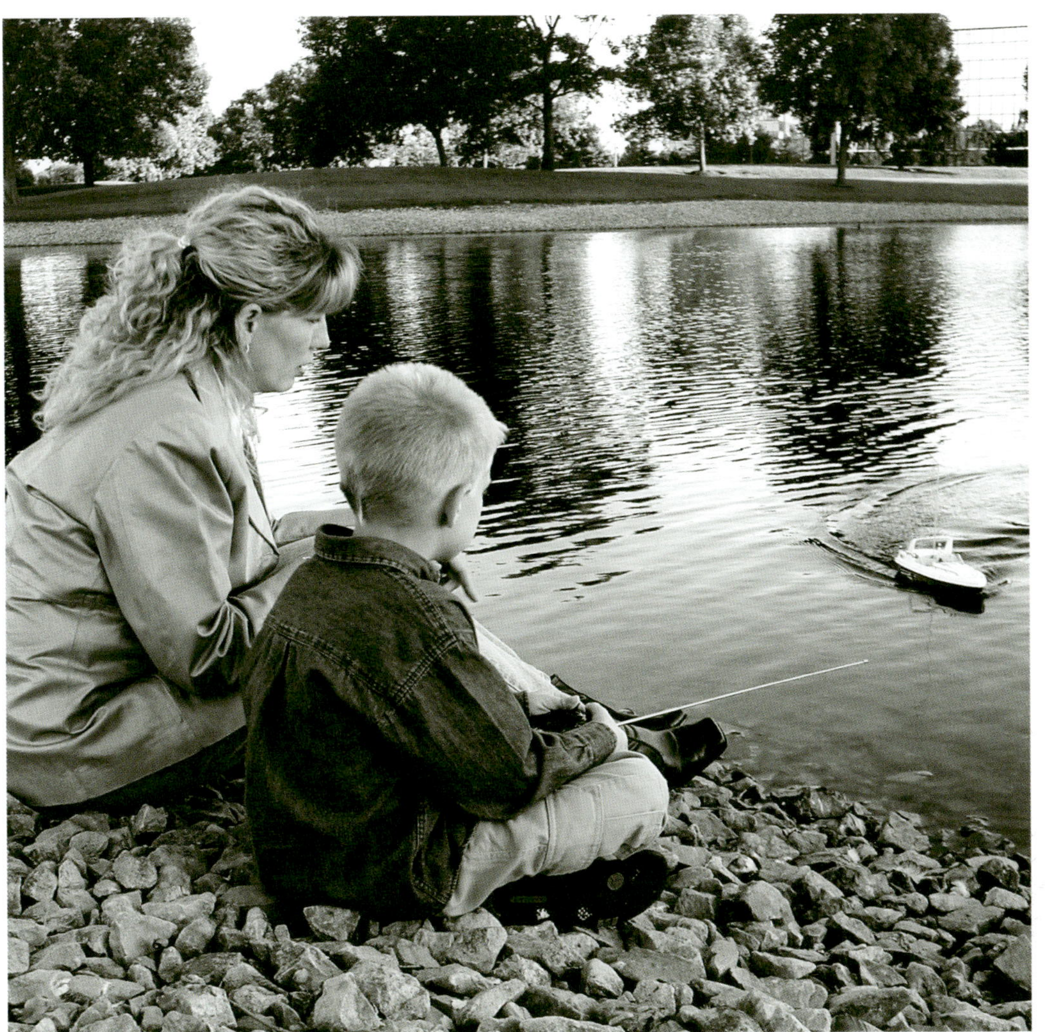

아들에게는 집을 나설 때

어디 빠진 구석이 없나 살펴봐주는 그런 엄마가 필요하다.

A son needs a mom to make sure he looks his best
before leaving the house.

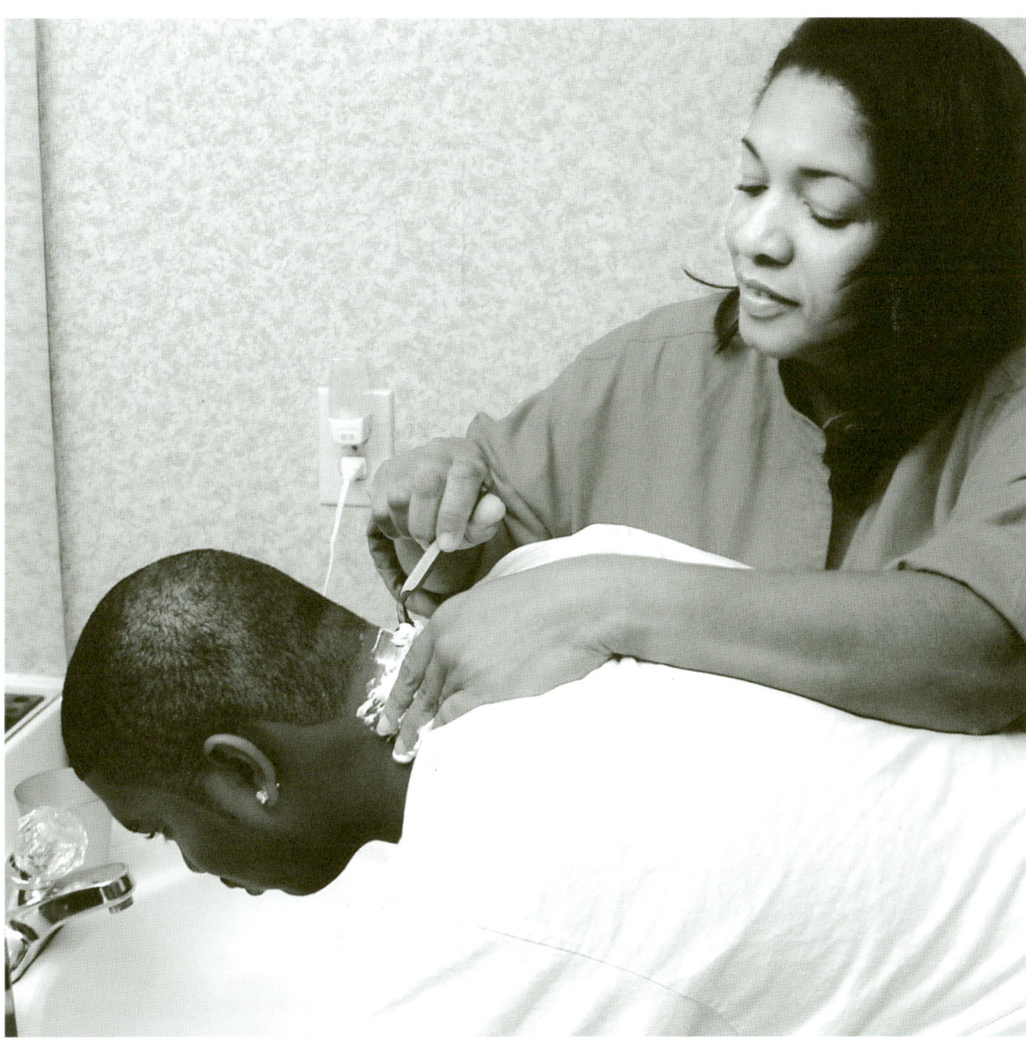

아들에게는
자신의 직업에 진지하게 임할 수 있게 용기를 주고
자신을 희생해서라도 아들의 희생을 막아주는 엄마,
건전한 금전관리 습관을 익힐 수 있도록 도와주며
타협의 중요성을 가르쳐주는
그런 엄마가 필요하다.

A son needs a mom⋯

to encourage him to be serious about his work.

to make sacrifices so he will not have to sacrifice.

to help him develop sound financial habits.

to teach him the importance of compromise.

아들에게는 암흑 속을
빠져나갈 수 있게 이끌어주는 그런 엄마가 필요하다.

A son needs a mom to steer him away from darkness.

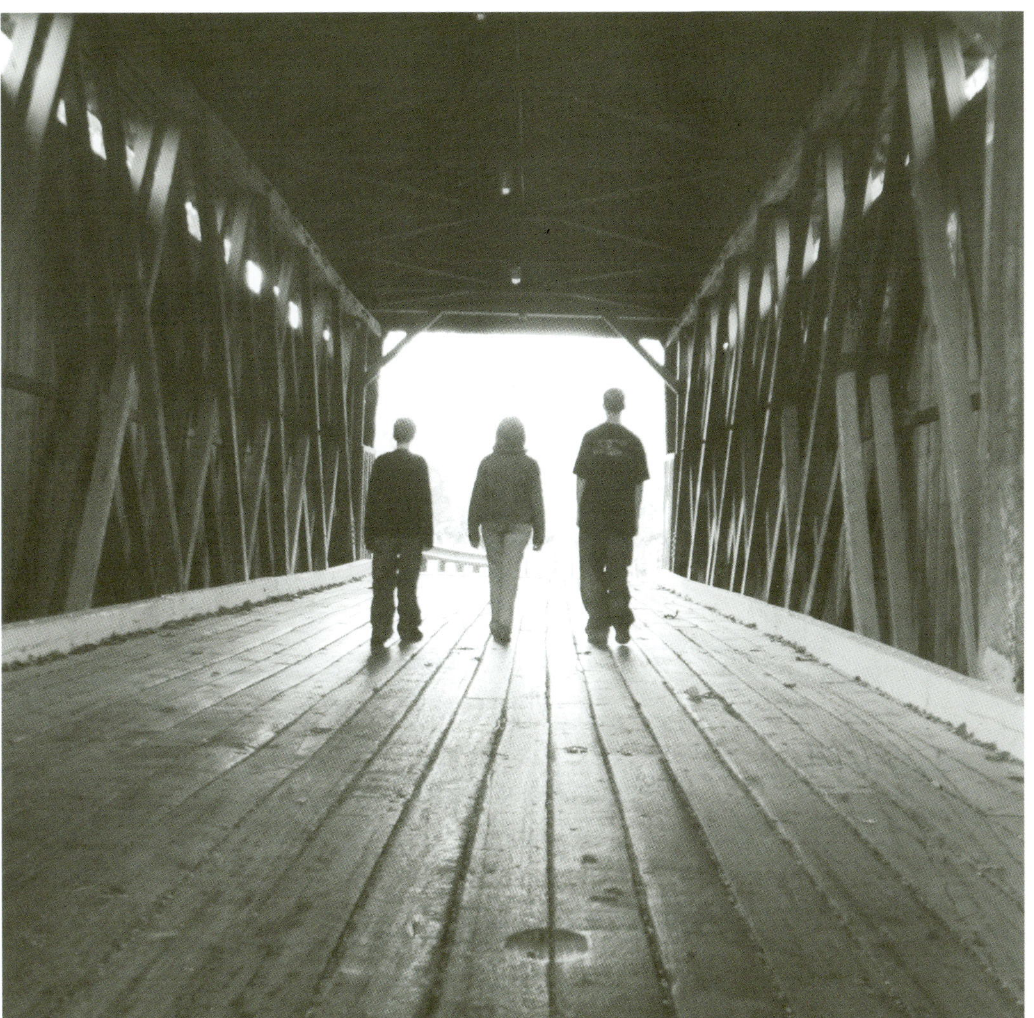

아들에게는 아들이 자신을 보호할

나이가 될 때까지 지켜주는 그런 엄마가 필요하다.

A son needs a mom to protect him until he is old enough
to protect himself.

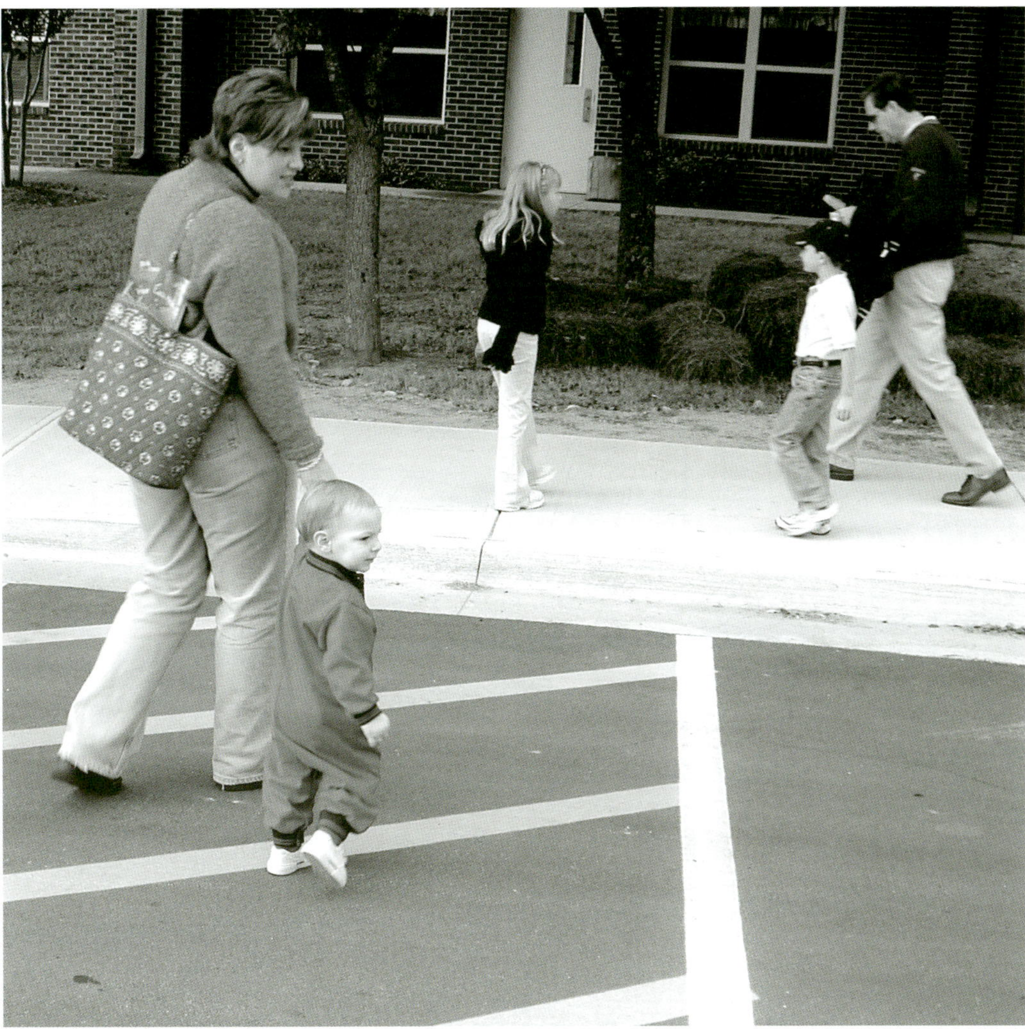

아들에게는

여자들은 진지하게 사과할 줄 아는 사람을 존중한다고 말해주고

식탁에서의 예절을 가르치는 엄마,

겸손해야 하며

다른 이들이 자신에게 해준 일에 대해 감사의 표시를 해야 한다고 가르치는

그런 엄마가 필요하다.

A son needs a mom···

to tell him that women admire a sincere apology.

to teach him table manners.

to teach him that he should be humble.

to teach him to show appreciation for what others have done for him.

아들에게는 누구든 존경받을

가치가 있다고 가르치는 그런 엄마가 필요하다.

A son needs a mom to teach him
that all people are worthy of respect.

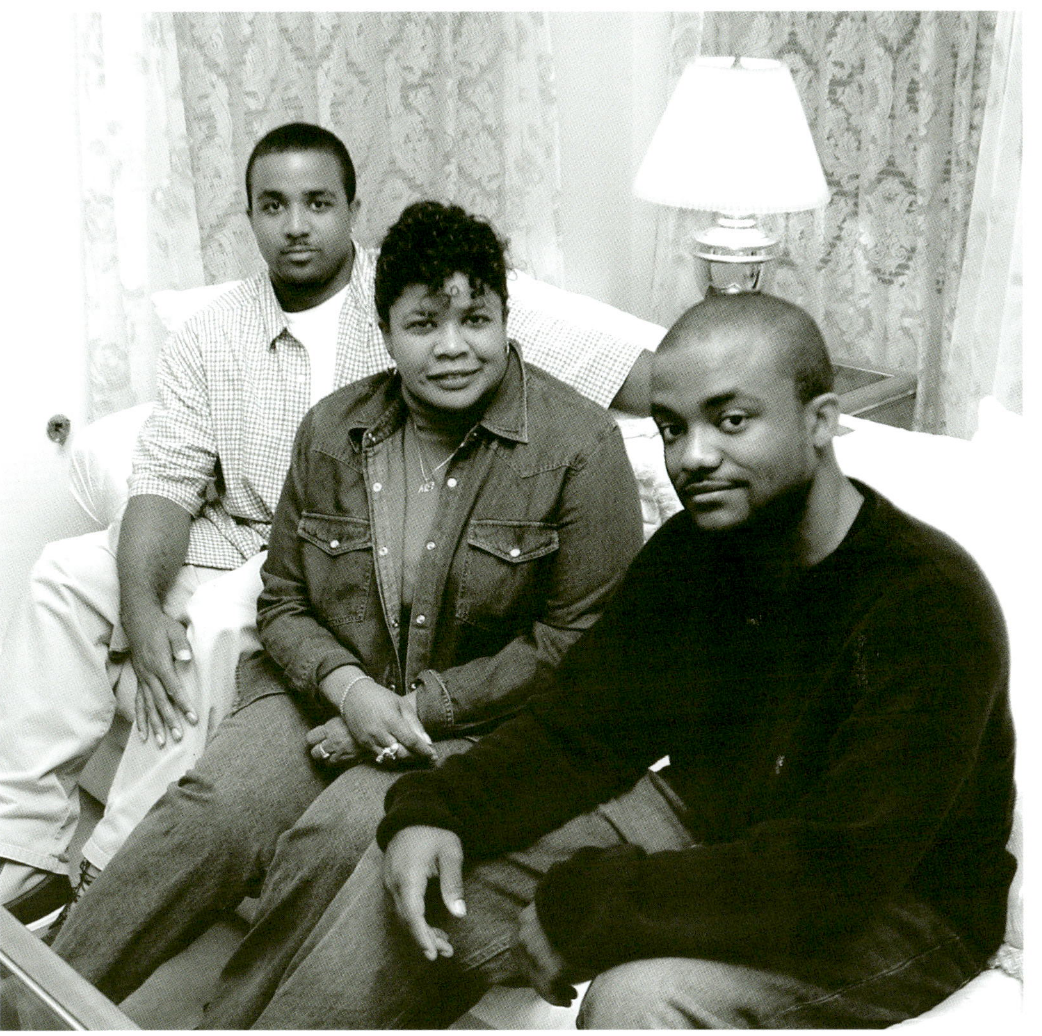

아들에게는 두려움을

극복할 수 있게 용기를 주는 그런 엄마가 필요하다.

A son needs a mom to help him overcome his fears.

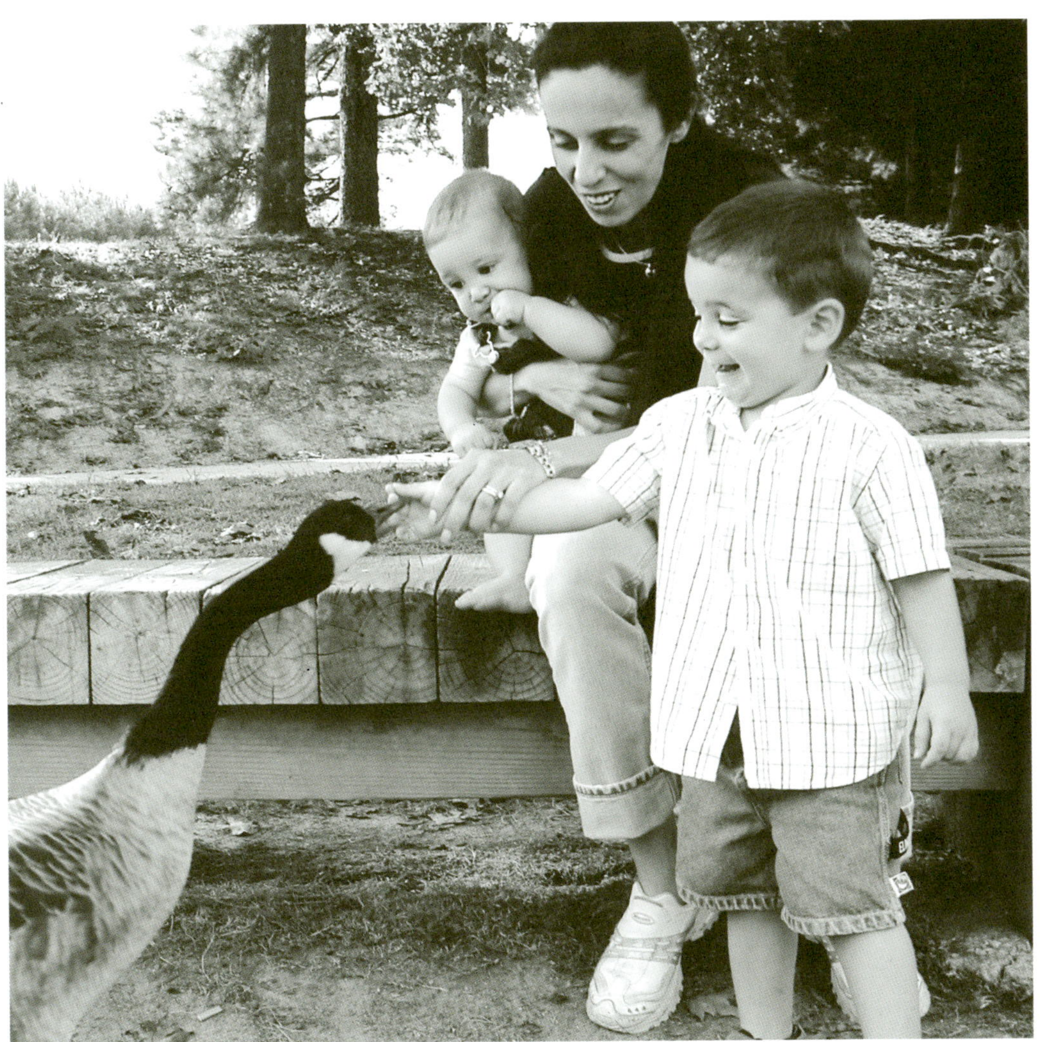

아들에게는 짝이 다른 양말을
신은 건 아닌지 살펴봐주는 그런 엄마가 필요하다.

A son needs a mom to make sure his socks match.

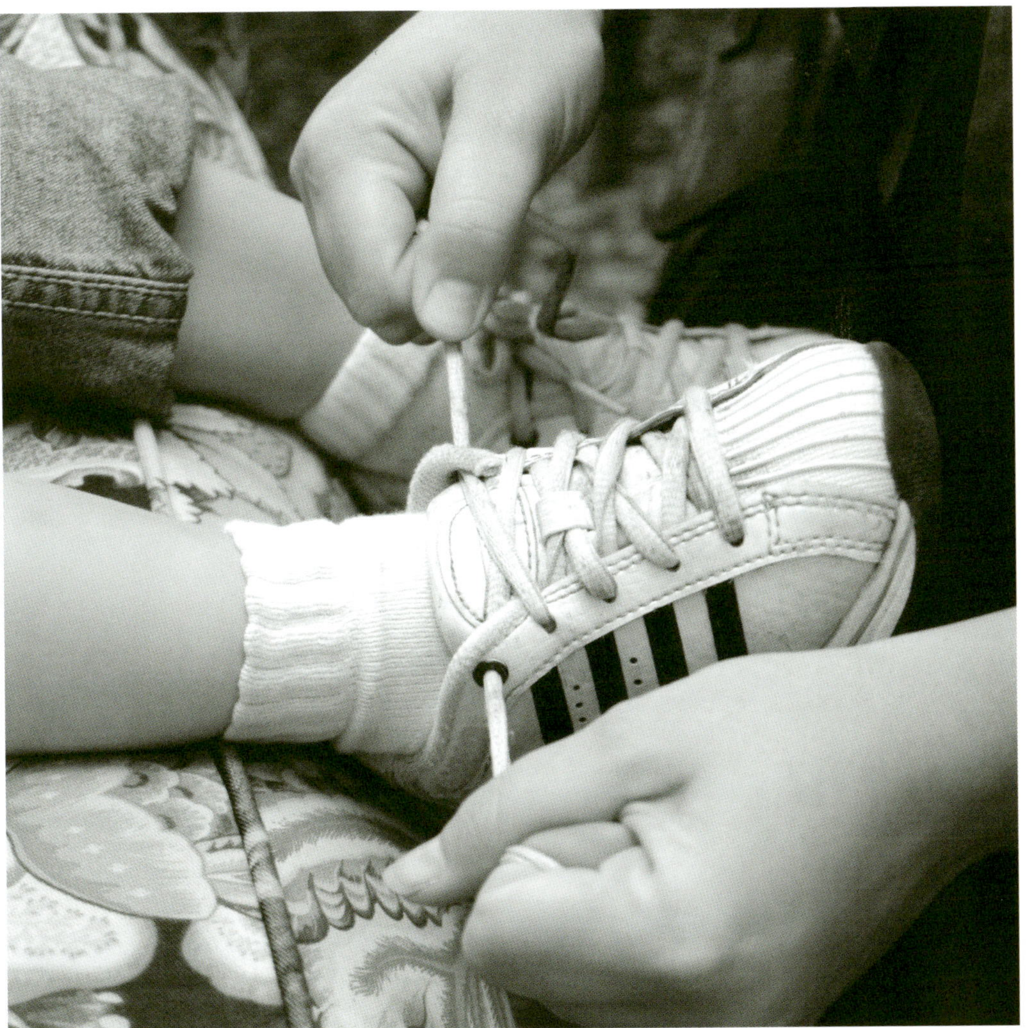

아들에게는 사내녀석은

어쩔 수 없다는 사실을 잊지 않는 그런 엄마가 필요하다.

A son needs a mom who doesn't forget
that boys will be boys.

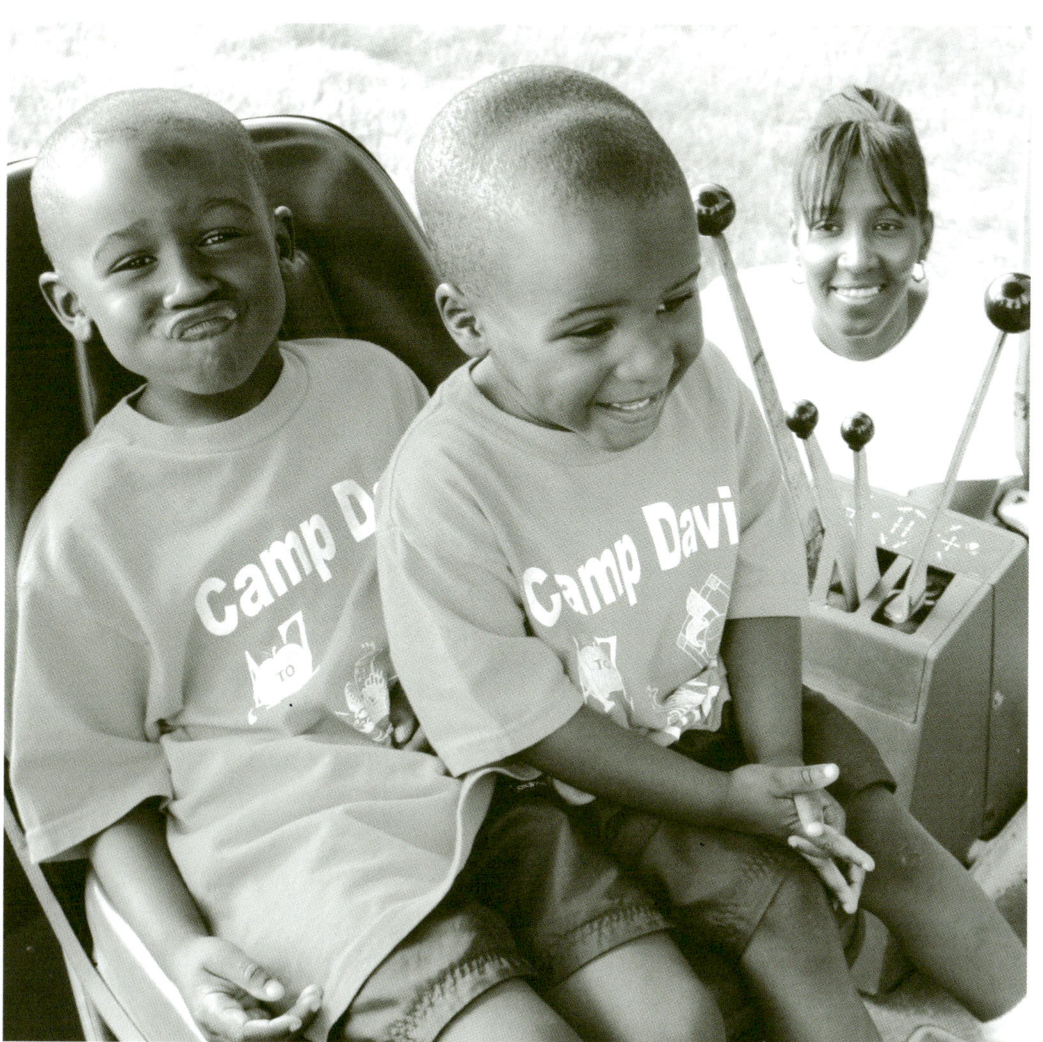

Camp Davi
Camp Davi

아들에게는 때때로 자신이

사랑받고 있다는 사실을 말해주는 그런 엄마가 필요하다.

A son needs a mom to tell him often that he is loved.

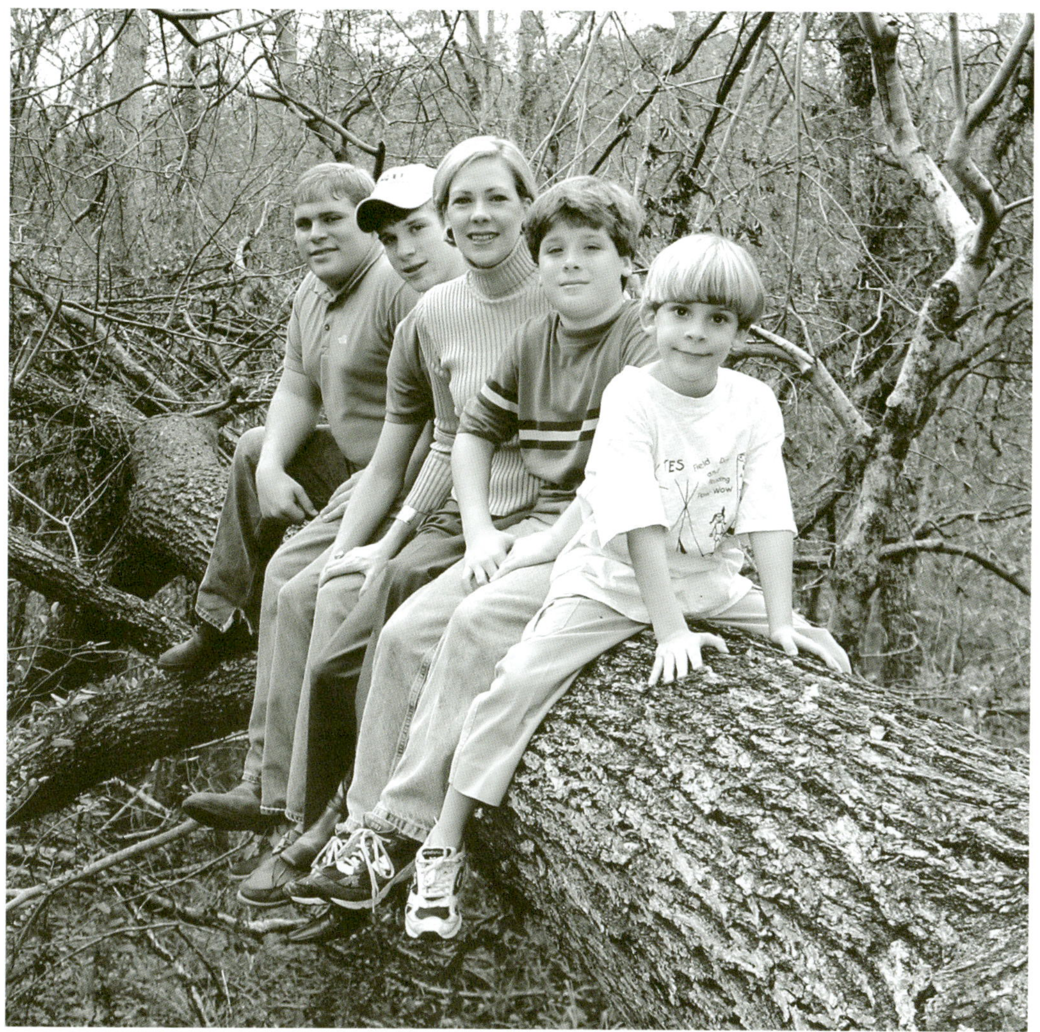

아들에게는 위안이 필요할 때
포근히 안아주는 그런 엄마가 필요하다.

A son needs a mom to hold him when he needs comfort.

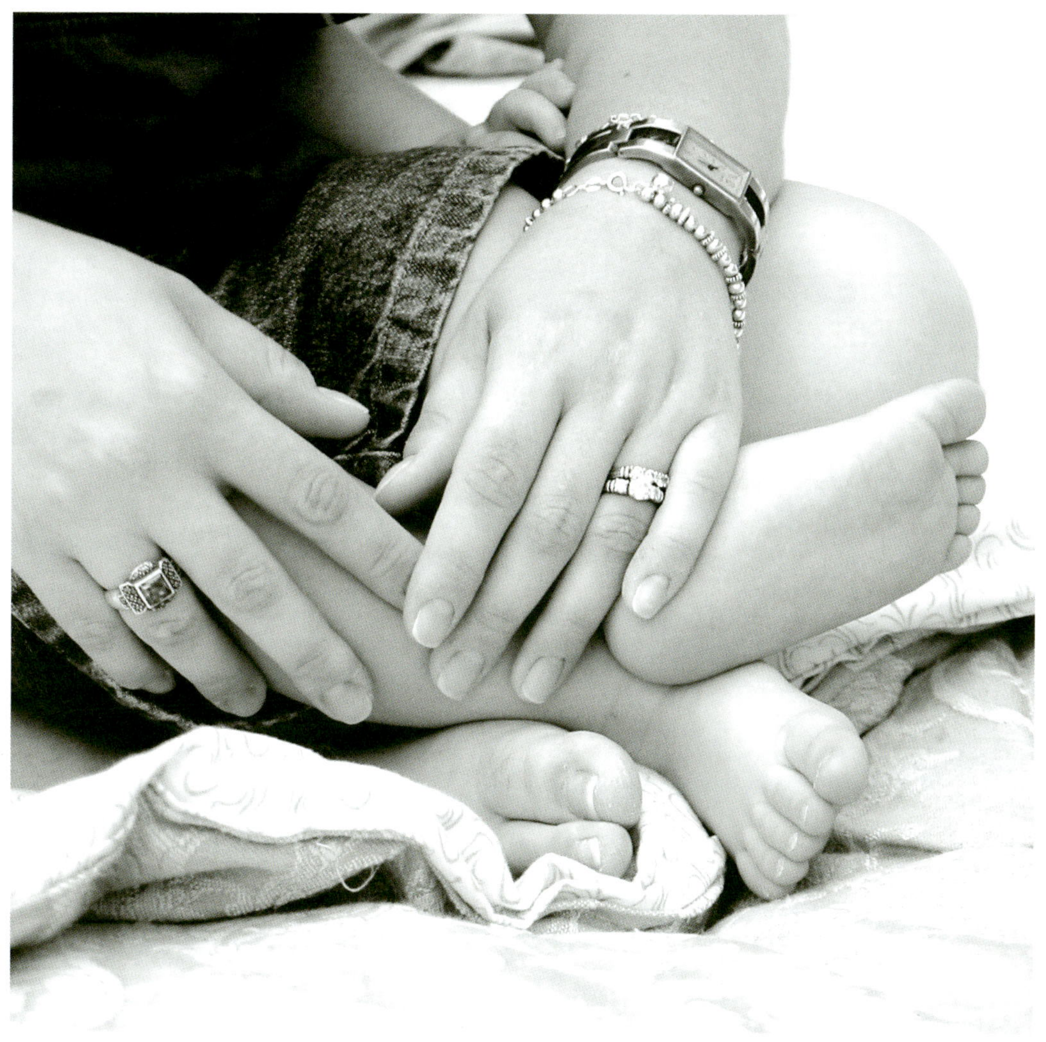

아들에게는

세상일이 항상 자신이 원하는 방향으로 가는 것은

아니라는 사실을 깨우칠 수 있게 해주고

사소한 일에도 주의를 기울이라고 가르치는 엄마,

위선 뒤에 함정이 도사리고 있으며

싸움이 언제나 가치있는 것은 아니라고 가르치는

그런 엄마가 필요하다.

A son needs a mom···

to help him understand that things will not always go his way.

to teach him to pay attention to the small things.

to teach him the pitfalls of hypocrisy.

to teach him that every fight isn't worth fighting.

아들에게는 베개를 던지며

노는 재미를 아는 그런 엄마가 필요하다.

A son needs a mom who understands the pleasure
of a good pillow fight.

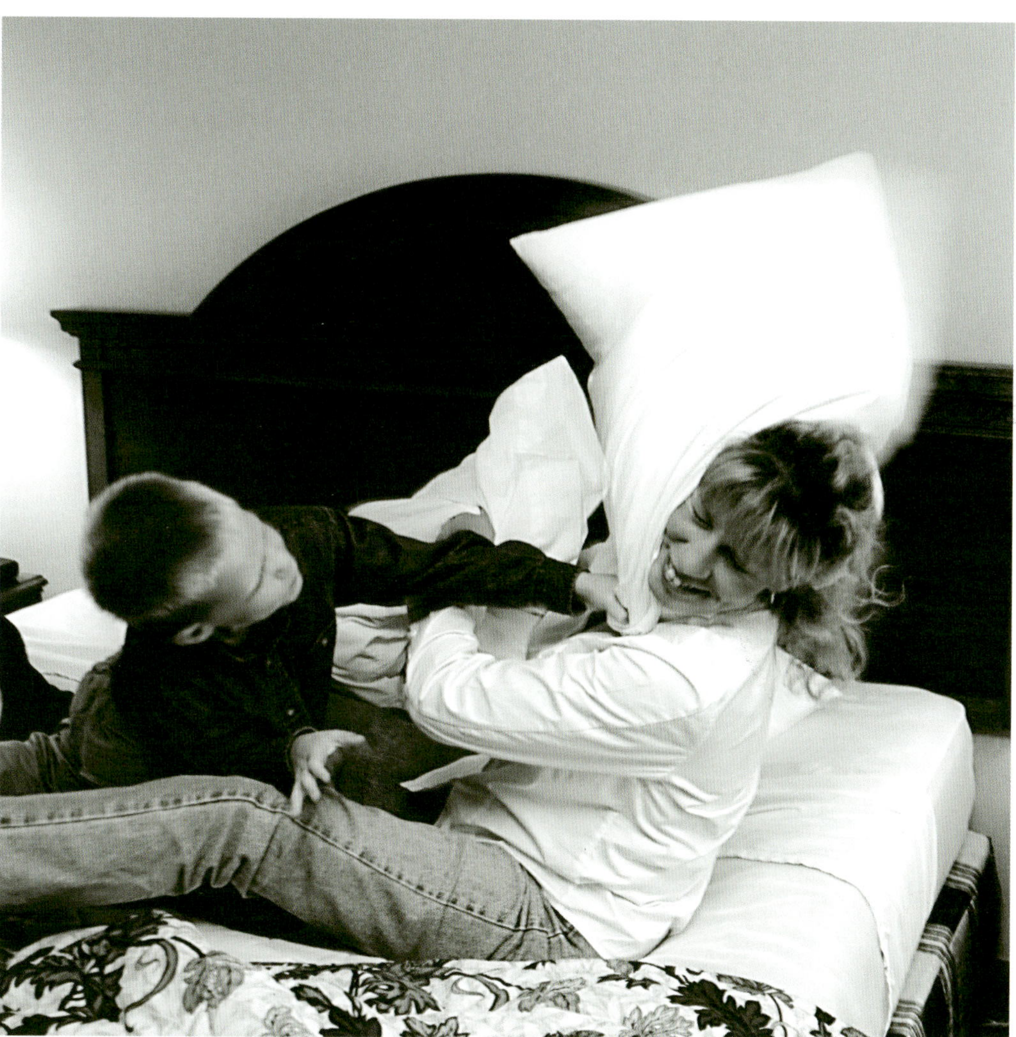

아들에게는 자기 본연의 모습으로
살아갈 수 있게 해주는 그런 엄마가 필요하다.

A son needs a mom who will let him be himself.

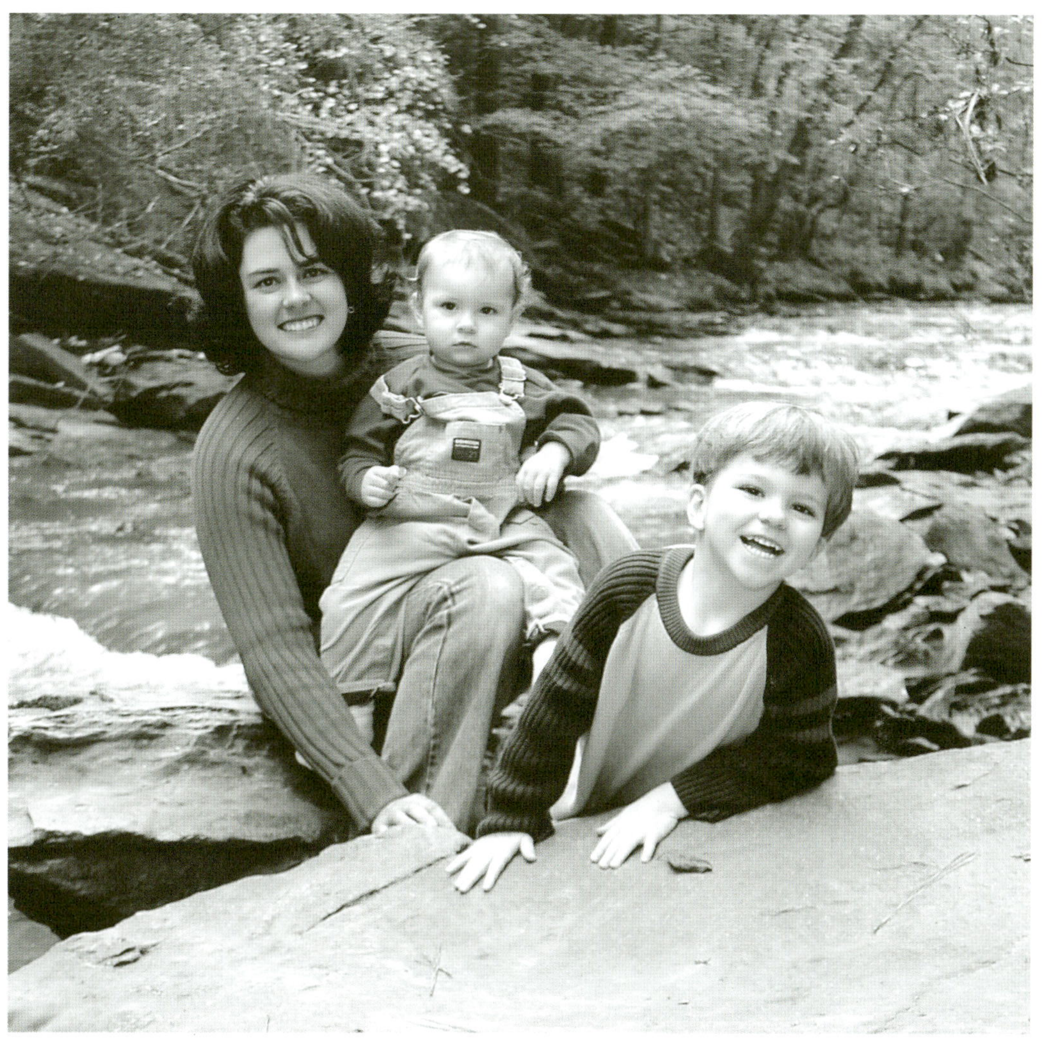

아들에게는 기도해야

한다는 것을 일깨워주는 그런 엄마가 필요하다.

A son needs a mom to remind him to say his prayers.

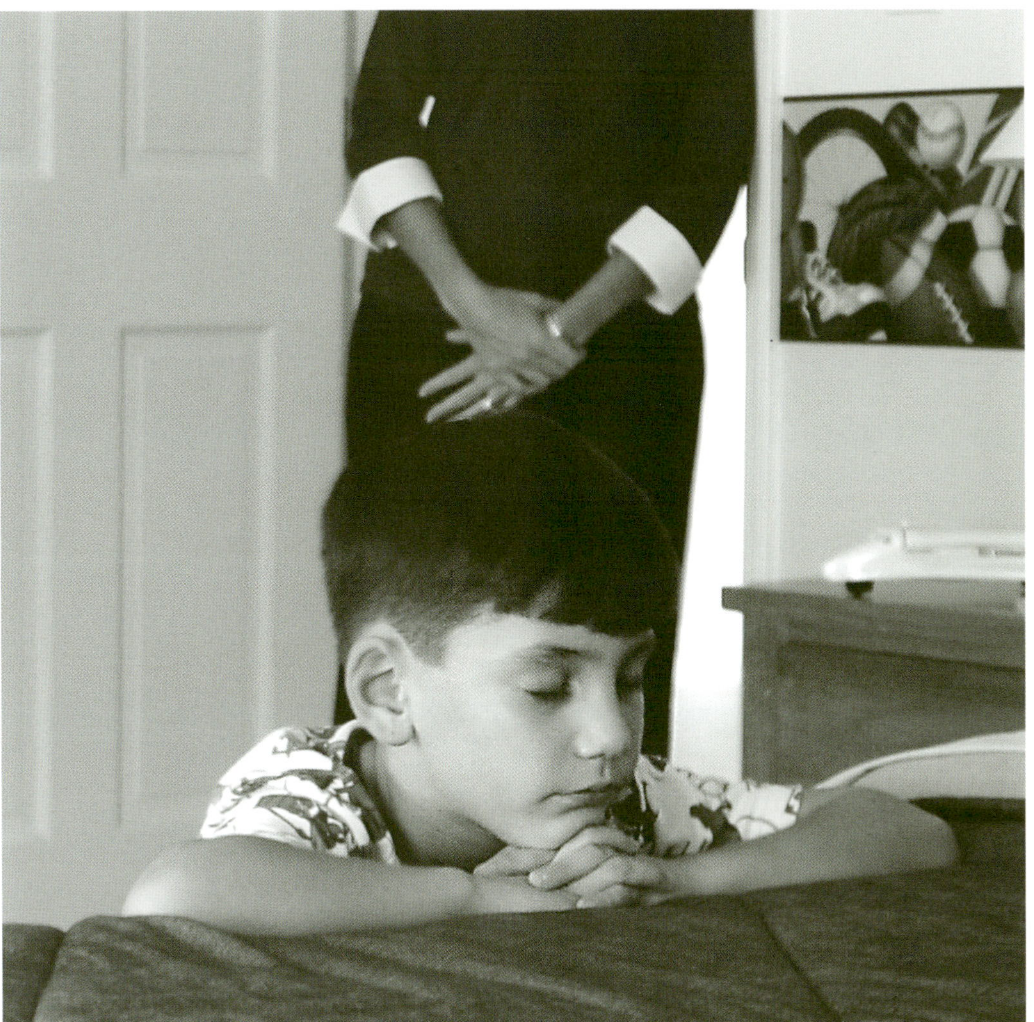

아들에게는 아들의 앞날에 넓디넓은
세계가 펼쳐져 있다는 확신을 주는 그런 엄마가 필요하다.

A son needs a mom to make sure his world
has a broad horizon.

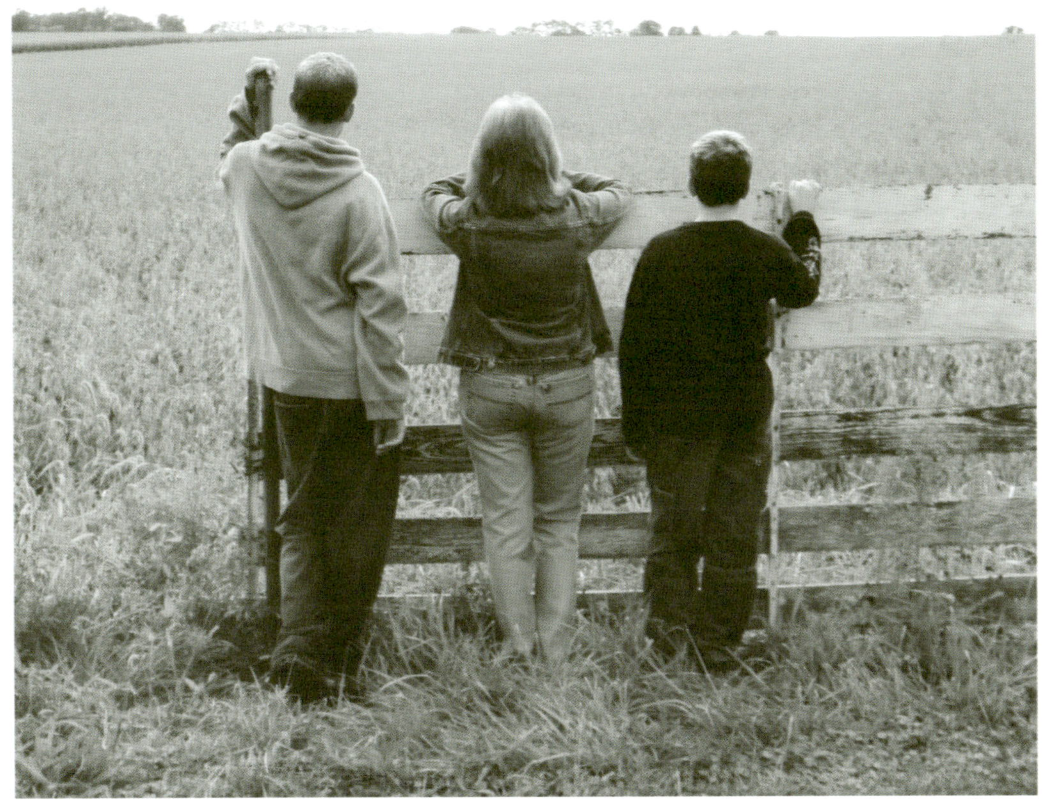

아들에게는

바보처럼 굴어도 그것을 유머라고 생각하고

집에서도 자기 몫의 일은 해야 한다고 주장하는 엄마,

아들이 틀렸을 때는 당당하게 맞설 줄 알고

자기 표현을 적극 권유하는

그런 엄마가 필요하다.

A son needs a mom···

who sees the humor in his silly ways.

who insists that he do his fair share of the household chores.

who will stand up to him when he is wrong.

who encourages self-expression.

아들에게는 아들이 오래 간직할

좋은 기억들을 만들어주는 그런 엄마가 필요하다.

A son needs a mom to make sure he has good memories
to hold on to.

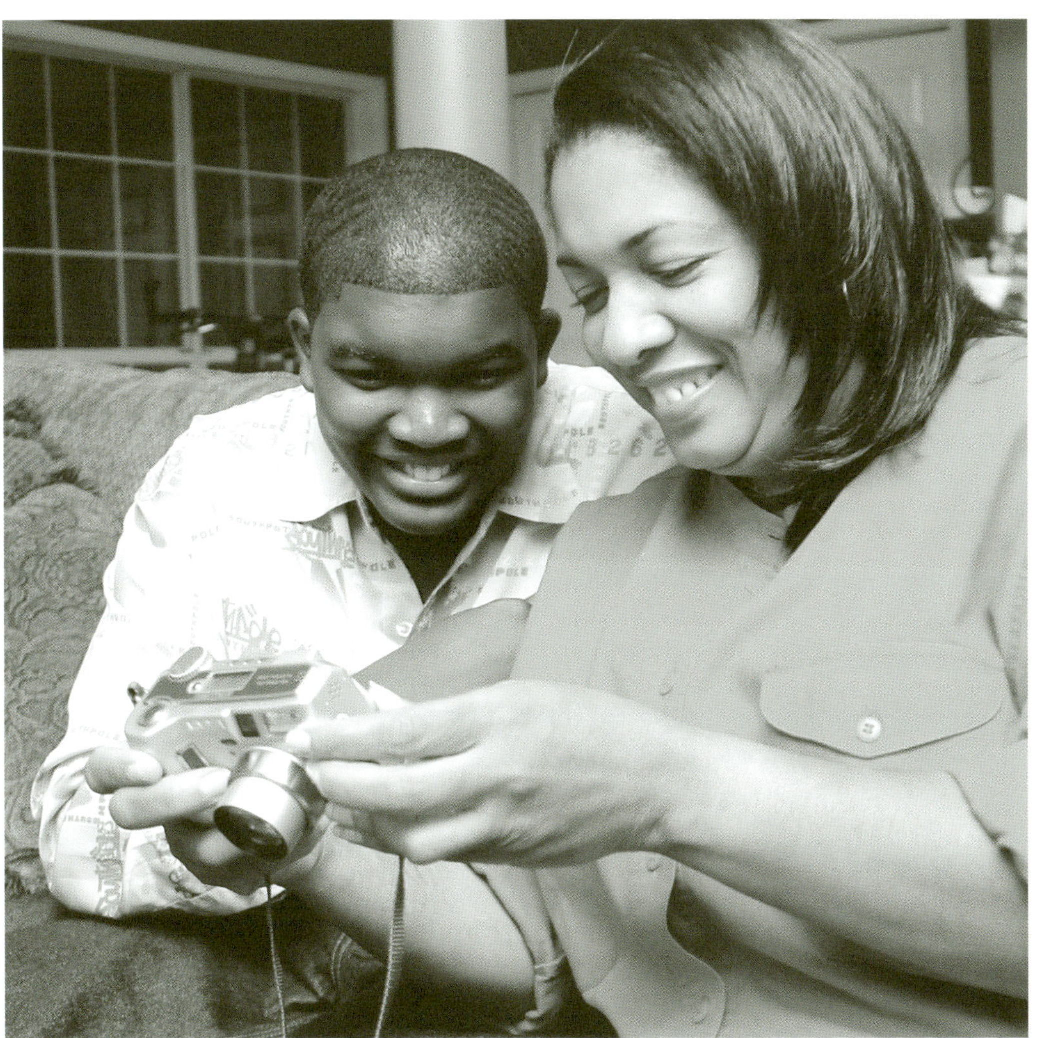

아들에게는 기분 좋은 하루를

시작할 수 있을 거라는 확신을 주는 그런 엄마가 필요하다.

A son needs a mom to make sure he begins his day
on the right foot.

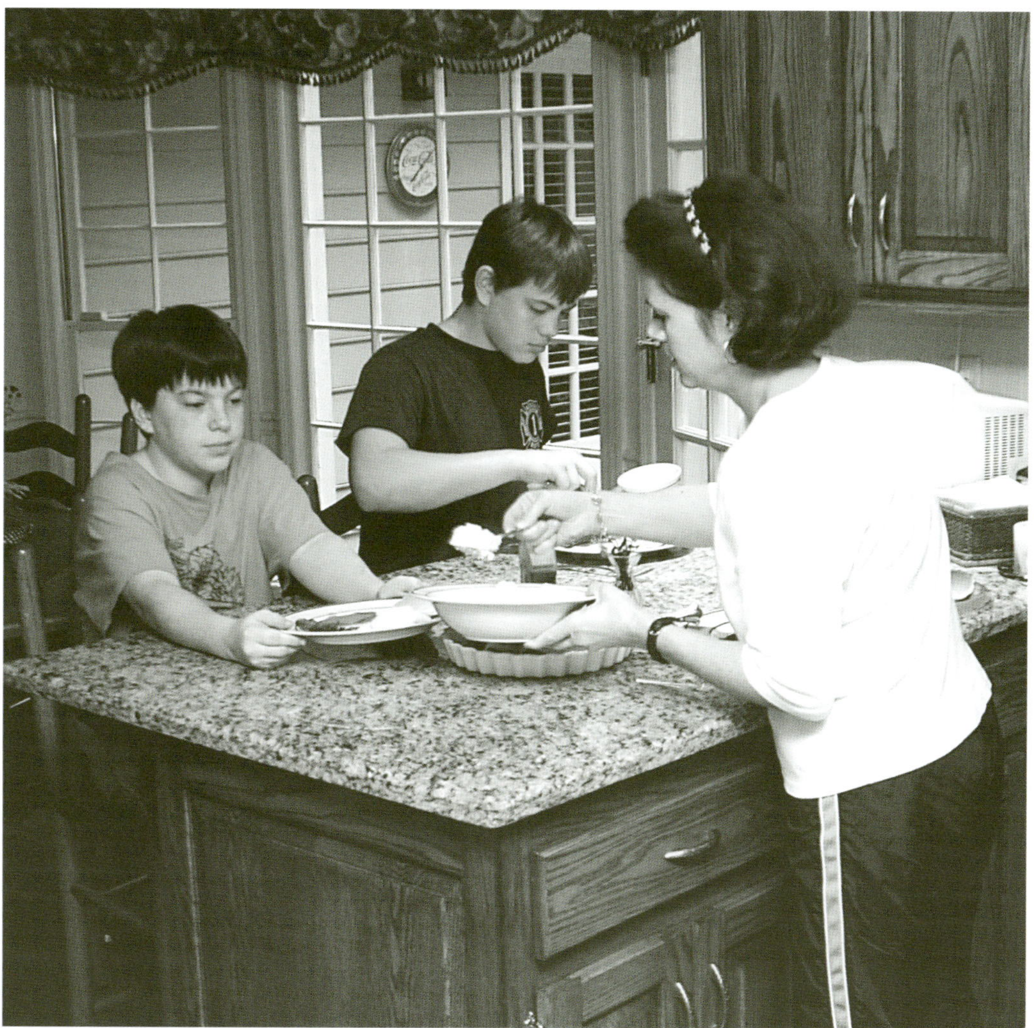

아들에게는 스스로

살아가는 법을 가르쳐주는 그런 엄마가 필요하다.

A son needs a mom to teach him
how to take care of himself.

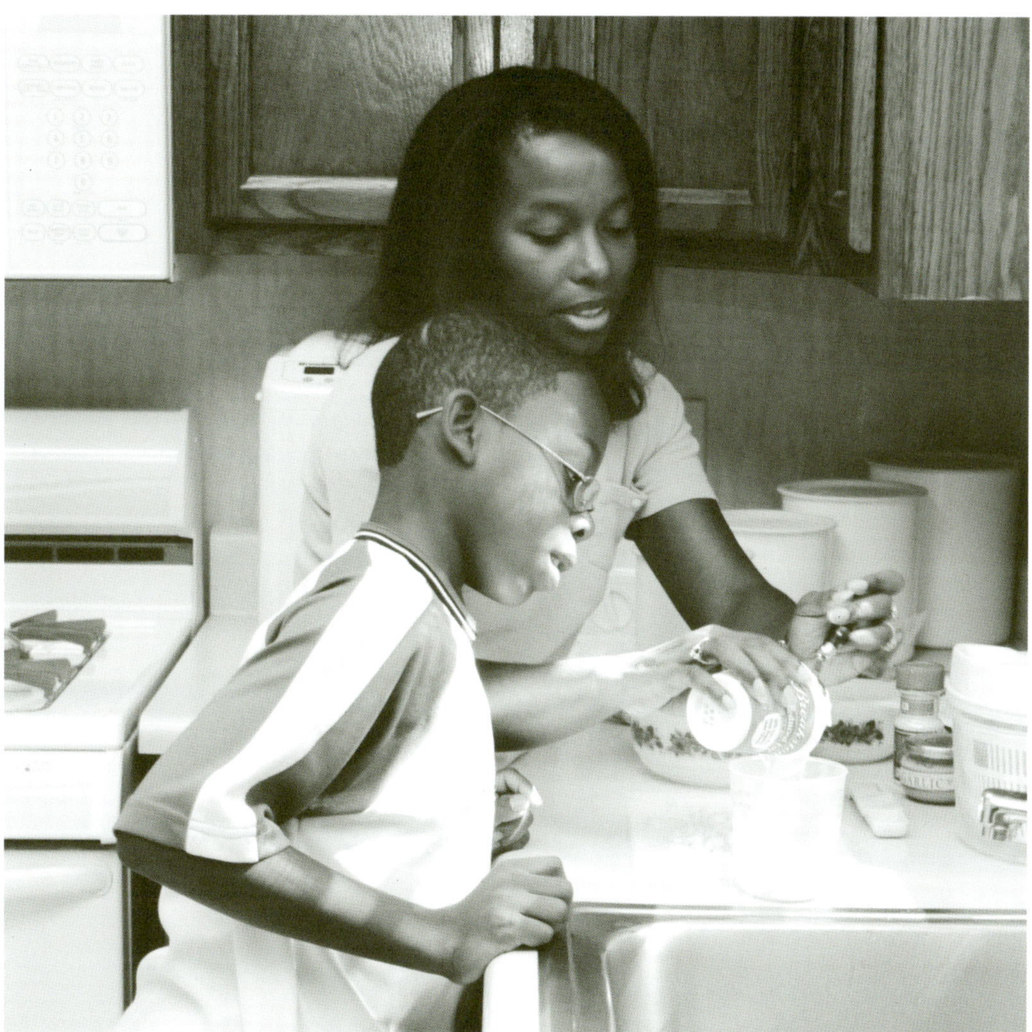

아들에게는

때로는 내 안에서 전투가 벌어질 때도 있다고 가르치고

신앙은 우리를 인도하는 빛이라는 확신을 주는 엄마,

이유가 정당하면 어떤 일이든 해도 좋으며

약속을 지키고 의무를 다하는 것이 신앙을 지키는 길이라고 말해주는

그런 엄마가 필요하다.

A son needs a mom···

to teach him that sometimes the battle is within.

to make sure that faith is the light that guides him.

to tell him that anything is possible if done for the right reason.

to tell him that remaining faithful is his promise and obligation.

아들에게는 한 발짝 앞으로 나가려 할 때

뒤로 끌어당기지 않는 그런 엄마가 필요하다.

A son needs a mom who dose not hold him back
when he is ready to take the next step.

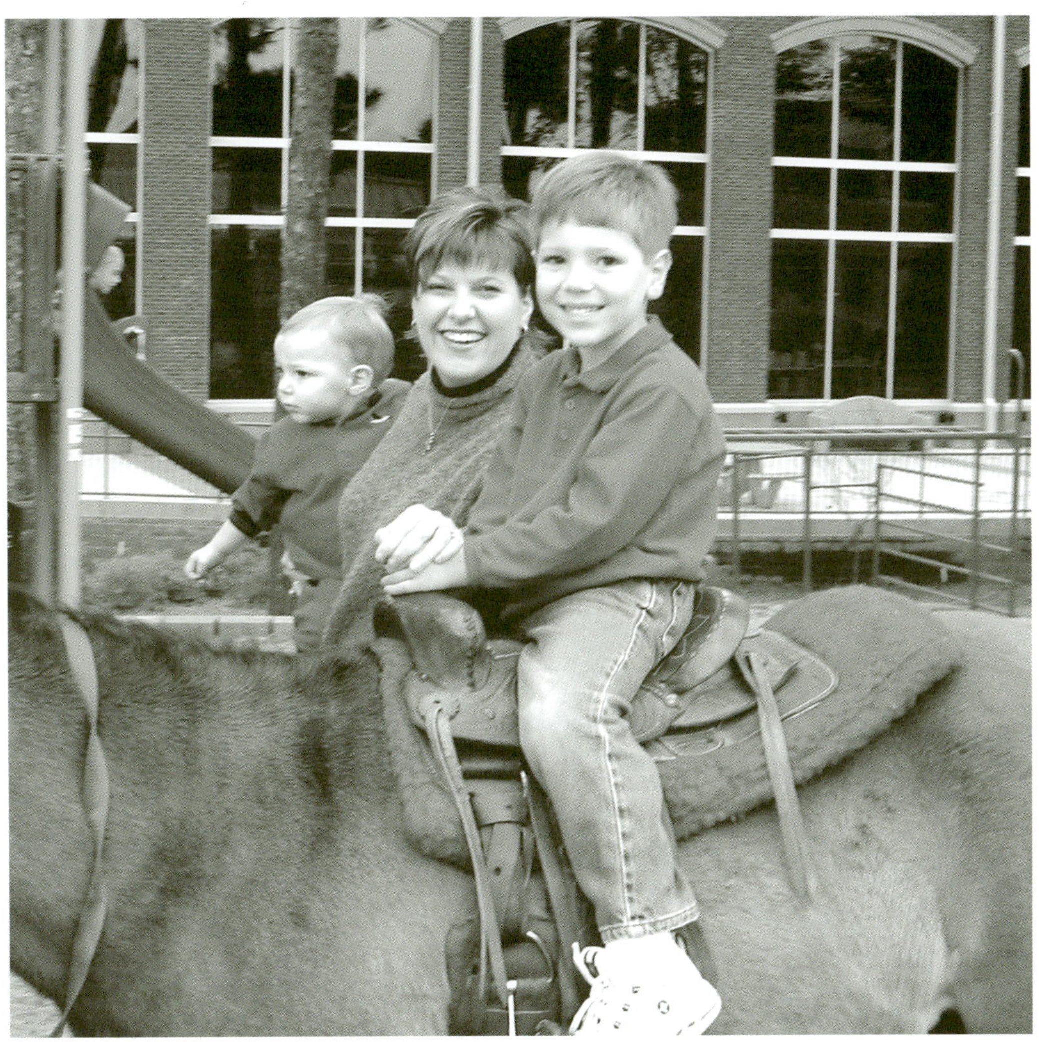

아들에게는 나이와 상관없이
항상 곁에 있어주는 그런 엄마가 필요하다.

A son needs a mom who is there for him
no matter what his age.

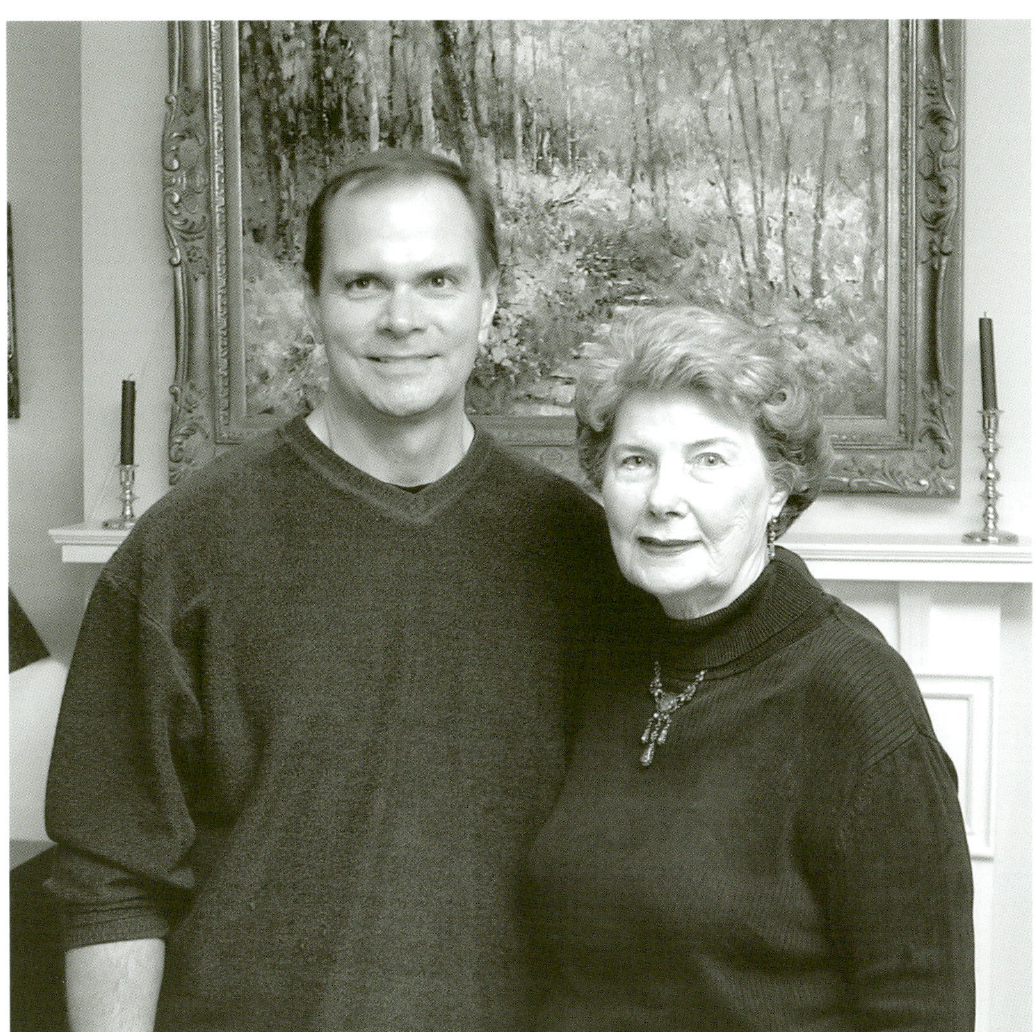

아들에게는
생일에 좋아하는 음식을 만들어주고
자기 자신을 향해 웃을 수 있게 가르쳐주는 엄마,
여자들이 높은 점수를 주는 습관을 기를 수 있게 해주며
섬세함이 오히려 매력적일 수 있다고 가르치는
그런 엄마가 필요하다.

A son needs a mom⋯

to make his favorite food on his birthday.

to help him learn how to laugh at himself.

to help him develop the habits girls prize.

to teach him that being subtle can be attractive.

아들에게는 우습게 보이지 않으면서
듣기 좋은 말을 하는 법을 가르쳐주는 그런 엄마가 필요하다.

A son needs a mom to teach him how to flirt
without making a fool of himself.

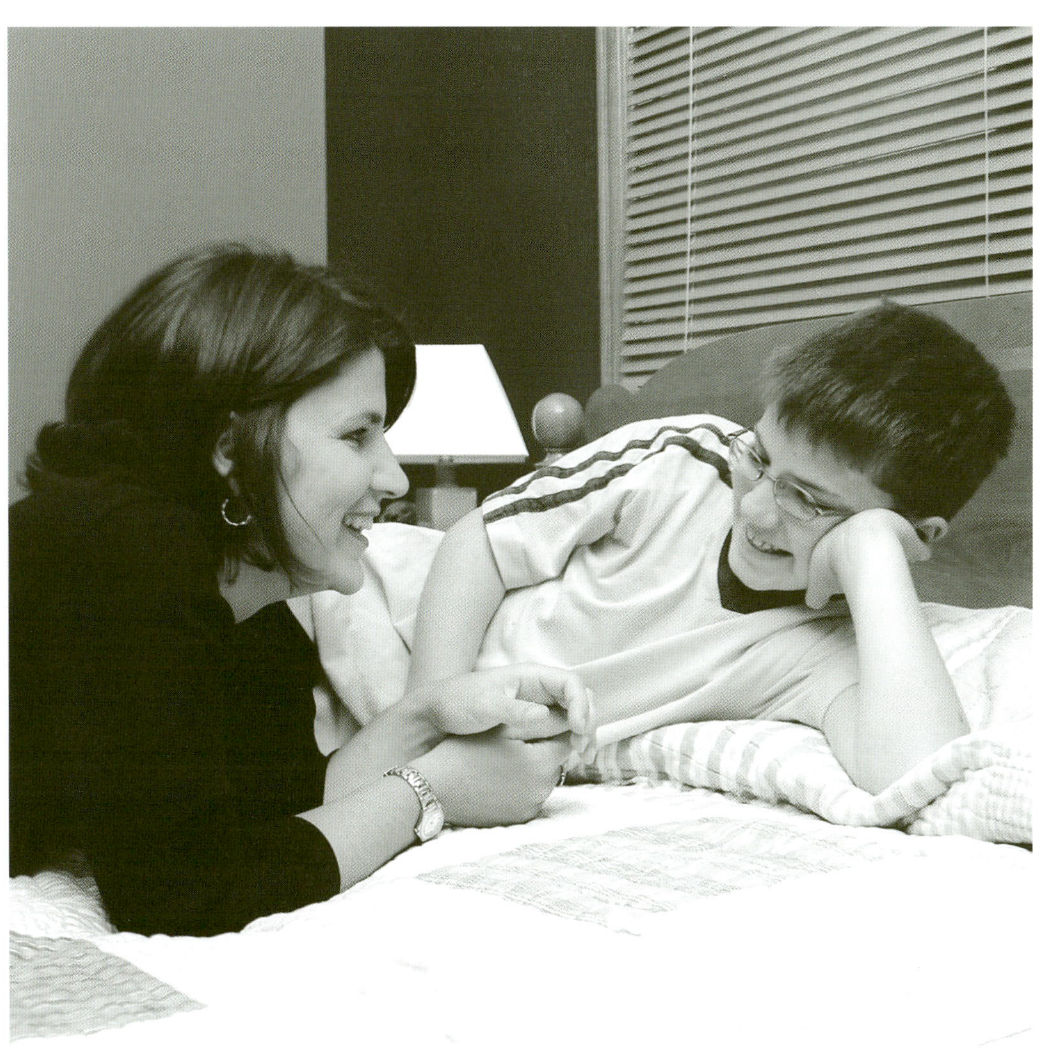

아들에게는 생명의

경이로움에 관해 얘기해주는 그런 엄마가 필요하다.

A son needs a mom to tell him about the miracle of life.

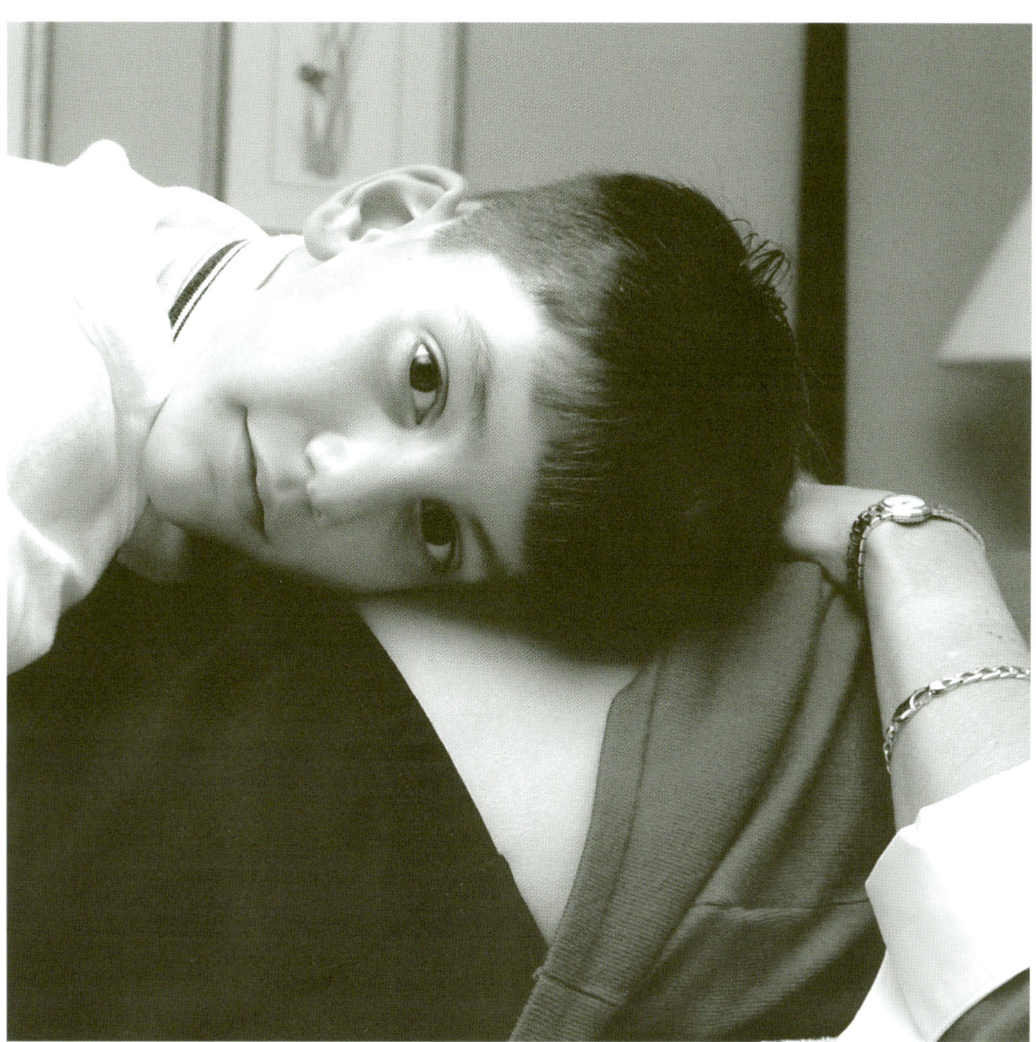

아들에게는 하루하루를

열심히 사는 법을 알려주는 그런 엄마가 필요하다.

A son needs a mom to show him how to take
one day at a time.

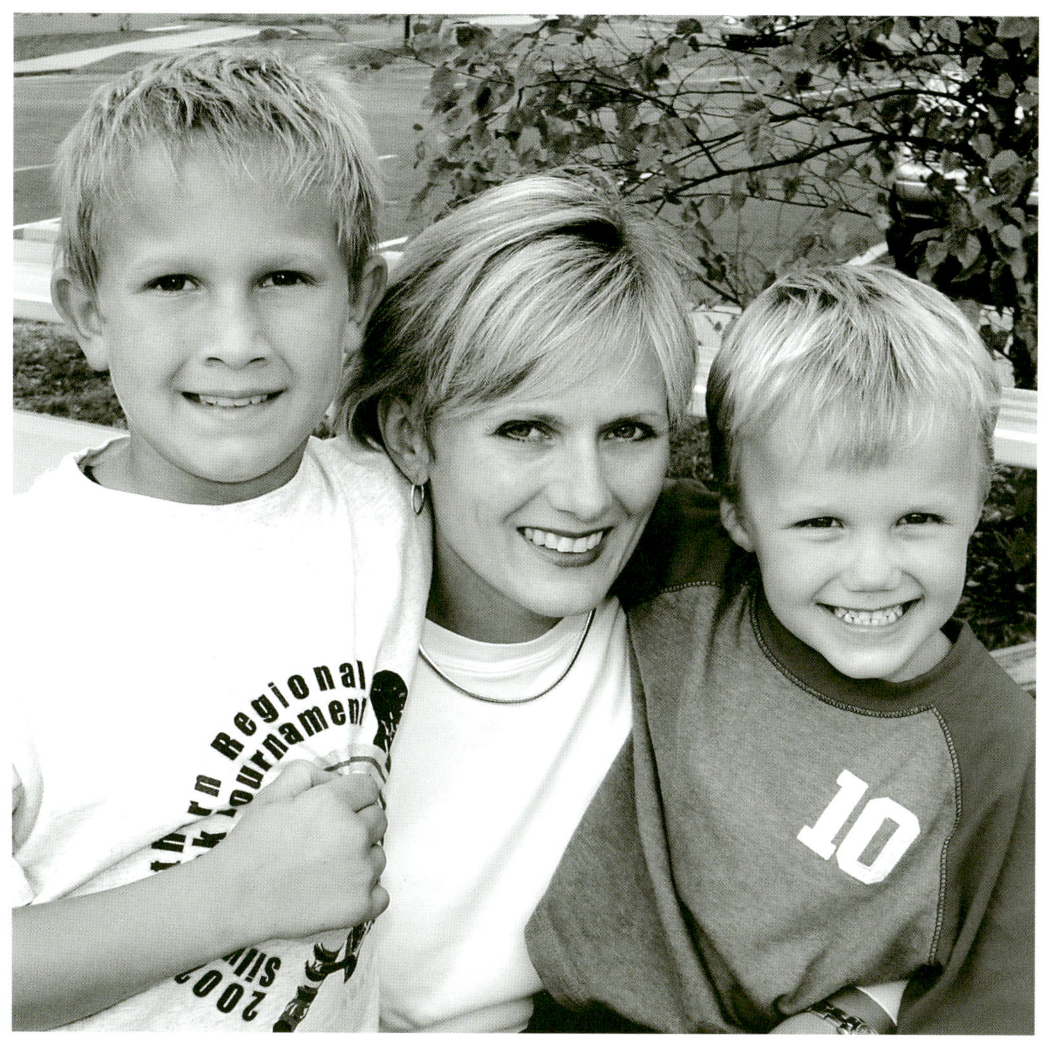
thern Regional
Tournament
2003 Silv
10

아들에게는

몸뿐 아니라 마음에도 신경 쓰라고 당부하고

여자를 존중해야 한다고 주장하는 엄마,

실수를 인정하는 것은 약한 모습이 아니라 오히려 강한 모습이며

남들을 변화시킬 수는 없어도 그들을 있는 그대로

받아들이는 법은 배울 수 있다고 말해주는

그런 엄마가 필요하다.

A son needs a mom···

to make sure he attends to his mind, as well as his body.

to insist that he be respectful of women.

to teach him that admitting one's mistakes is a sign of strength, not weakness.

to tell him that he cannot change others,
but he can learn to accept them for who they are.

아들에게는 아들이 하는 농담에
깔깔거리며 웃어주는 그런 엄마가 필요하다.

A son needs a mom who laughs at his jokes.

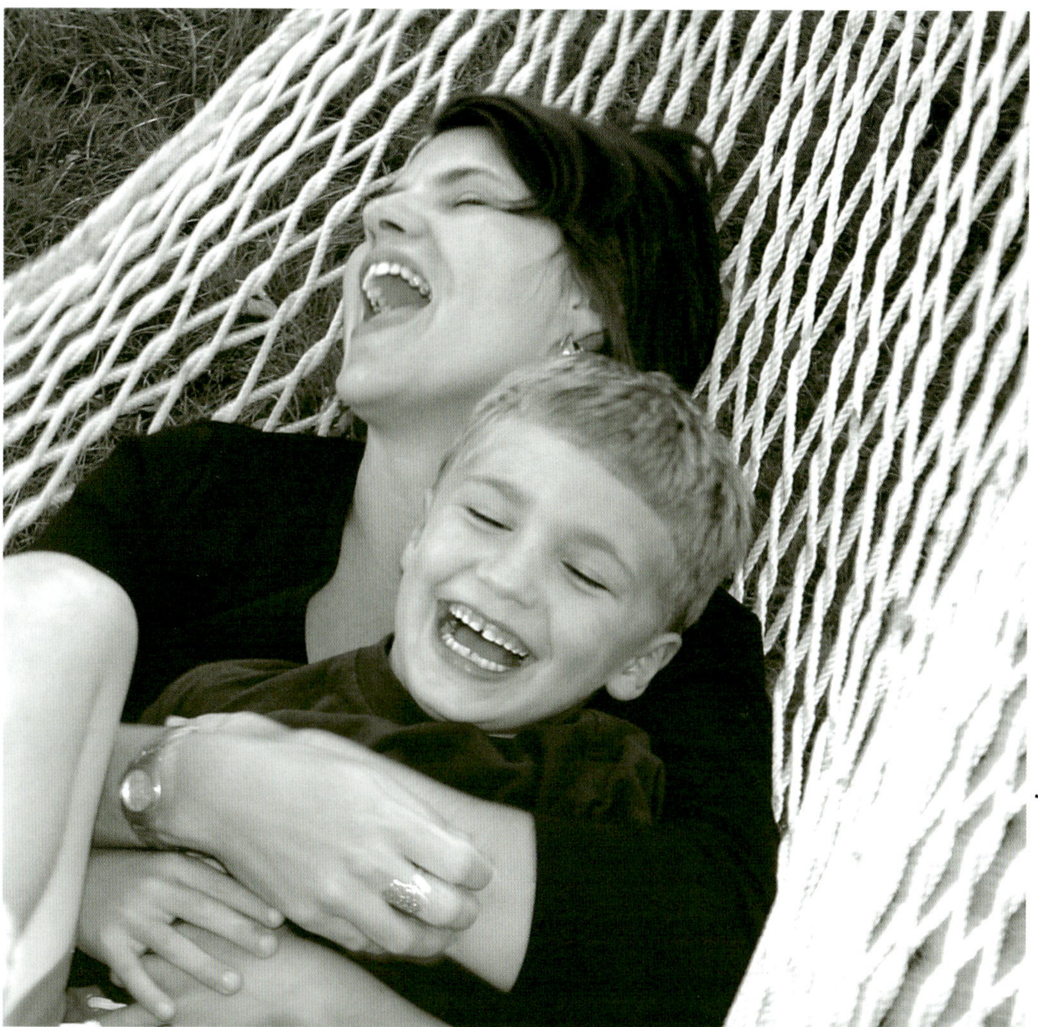

아들에게는 잠시도 가만있지

못하는 아들을 그냥 지켜봐주는 그런 엄마가 필요하다.

A son needs a mom who will indulge his love of action.

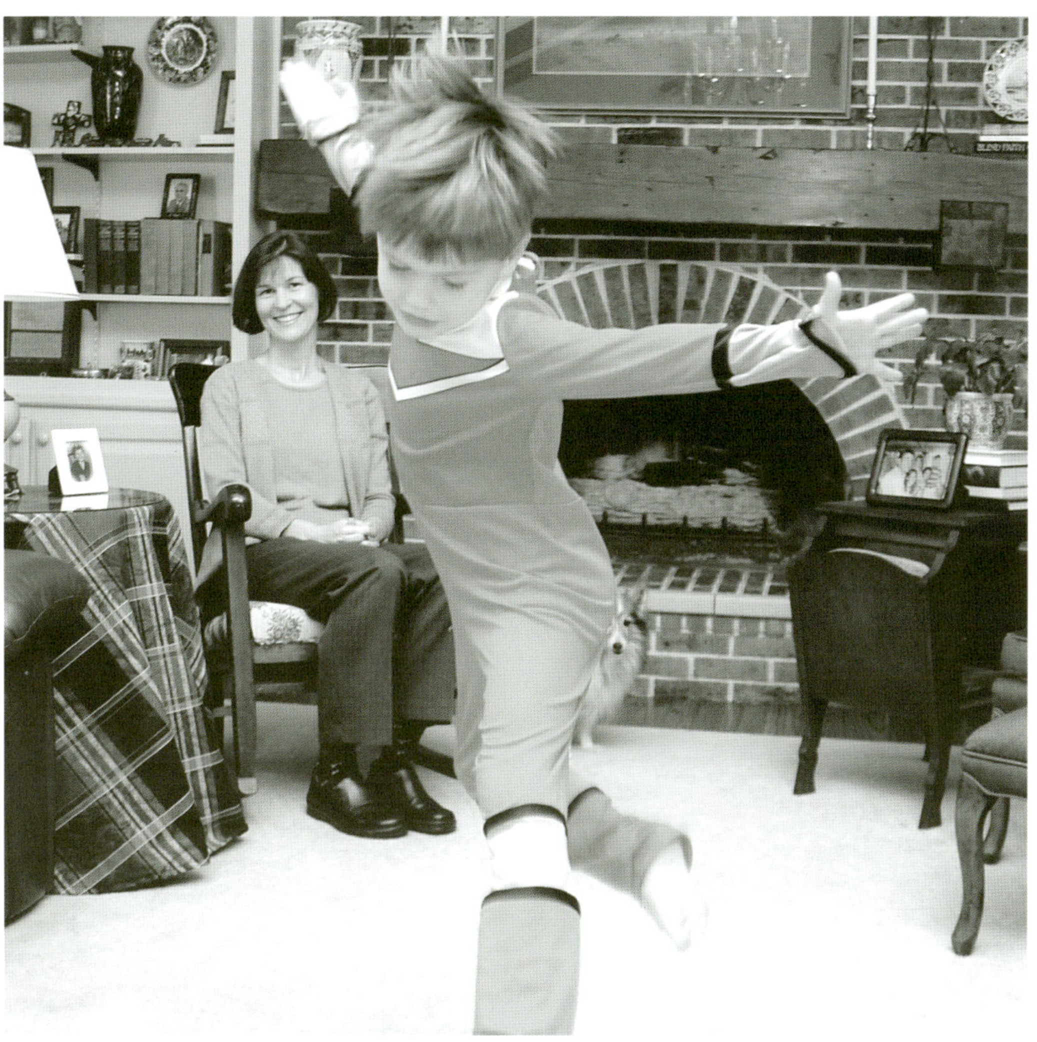

아들에게는 때로는 엄마를

지켜줄 기회를 주는 그런 엄마가 필요하다.

A son needs a mom who allows him to be her protector
now and then.

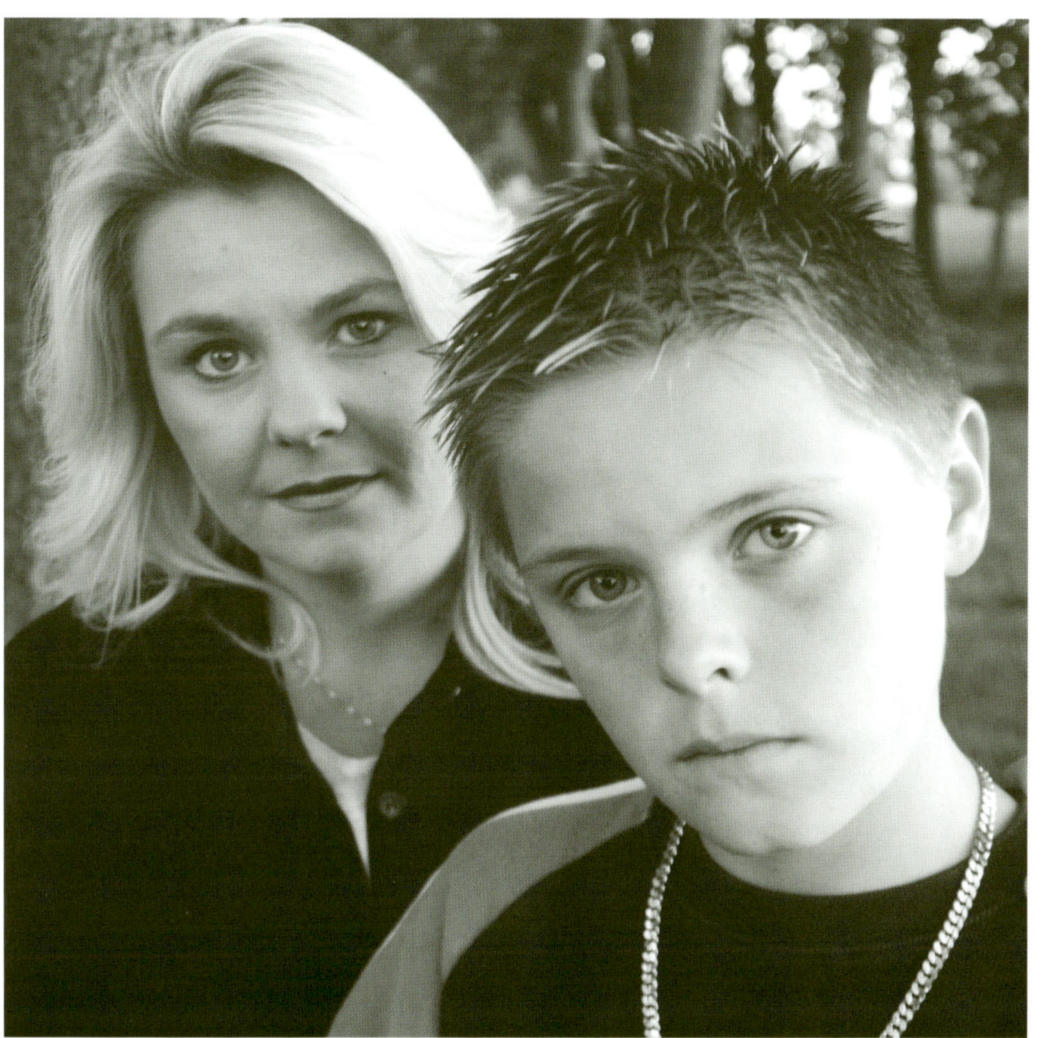

아들에게는 군중 속에서도

길을 잃지 않게 해주는 그런 엄마가 필요하다.

A son needs a mom who will make sure
he does not get lost in the crowd.

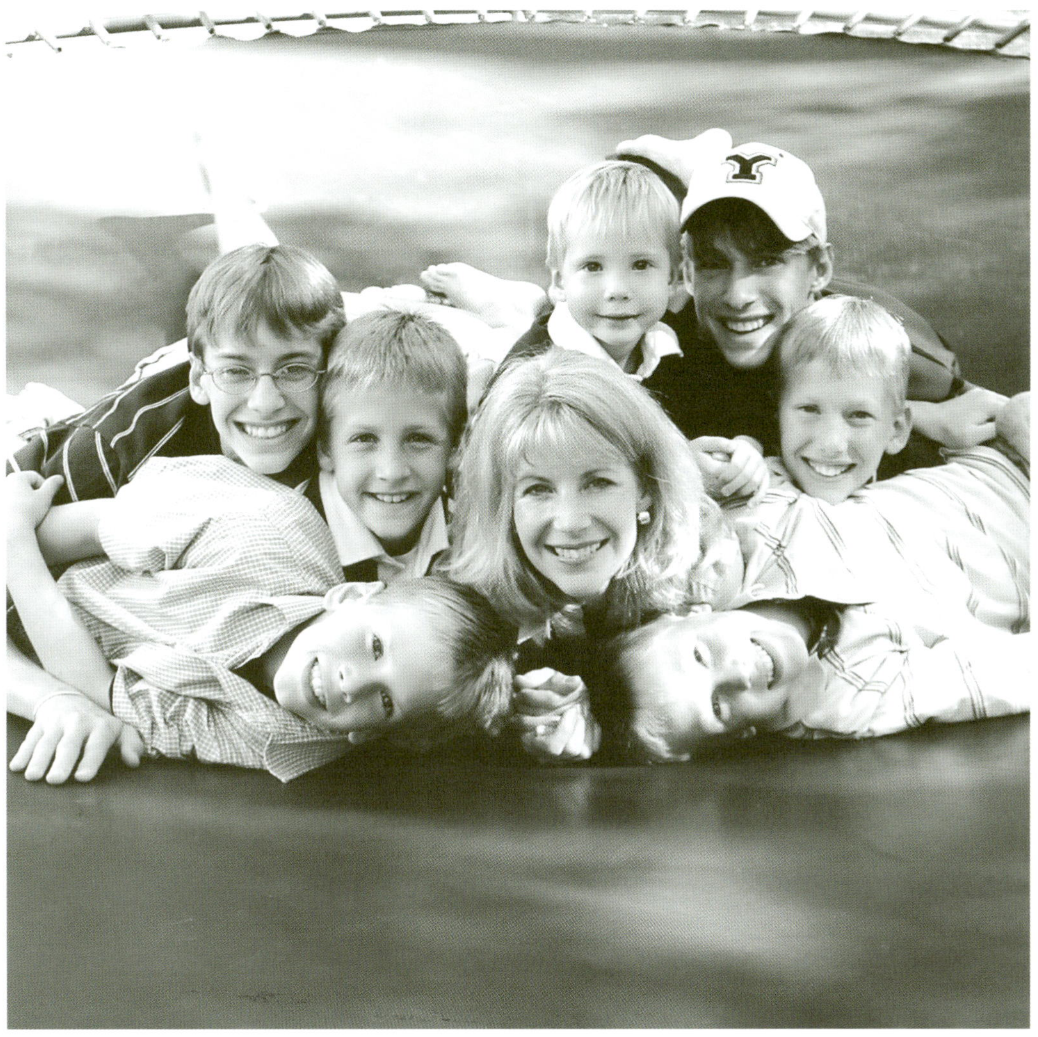

아들에게는 약해졌을 때

힘이 되어주는 그런 엄마가 필요하다.

A son needs a mom to be his strength when he is weak.

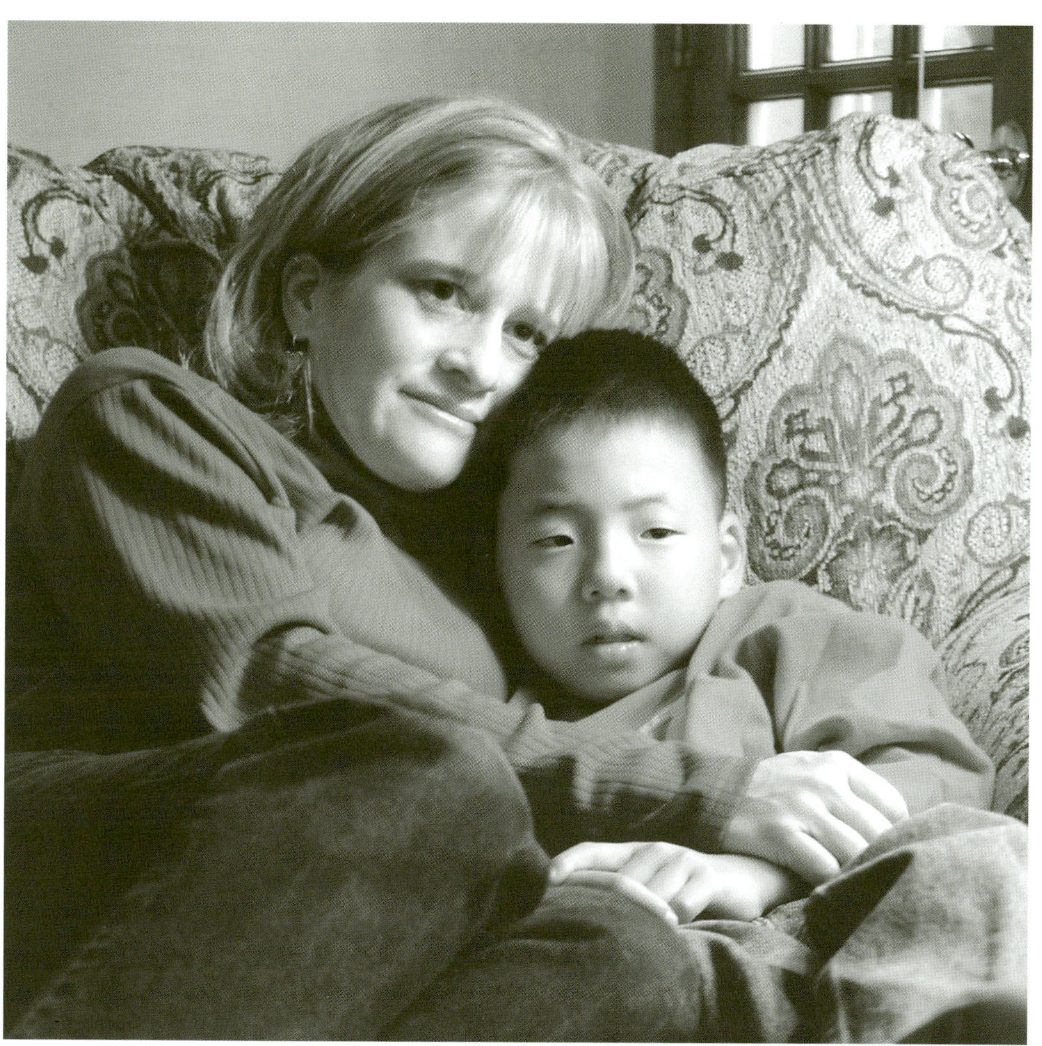

아들에게는 사내아이들은 커다란 장난감을
좋아한다는 사실을 이해해주는 그런 엄마가 필요하다.

A son needs a mom who understands
that boys like big toys.

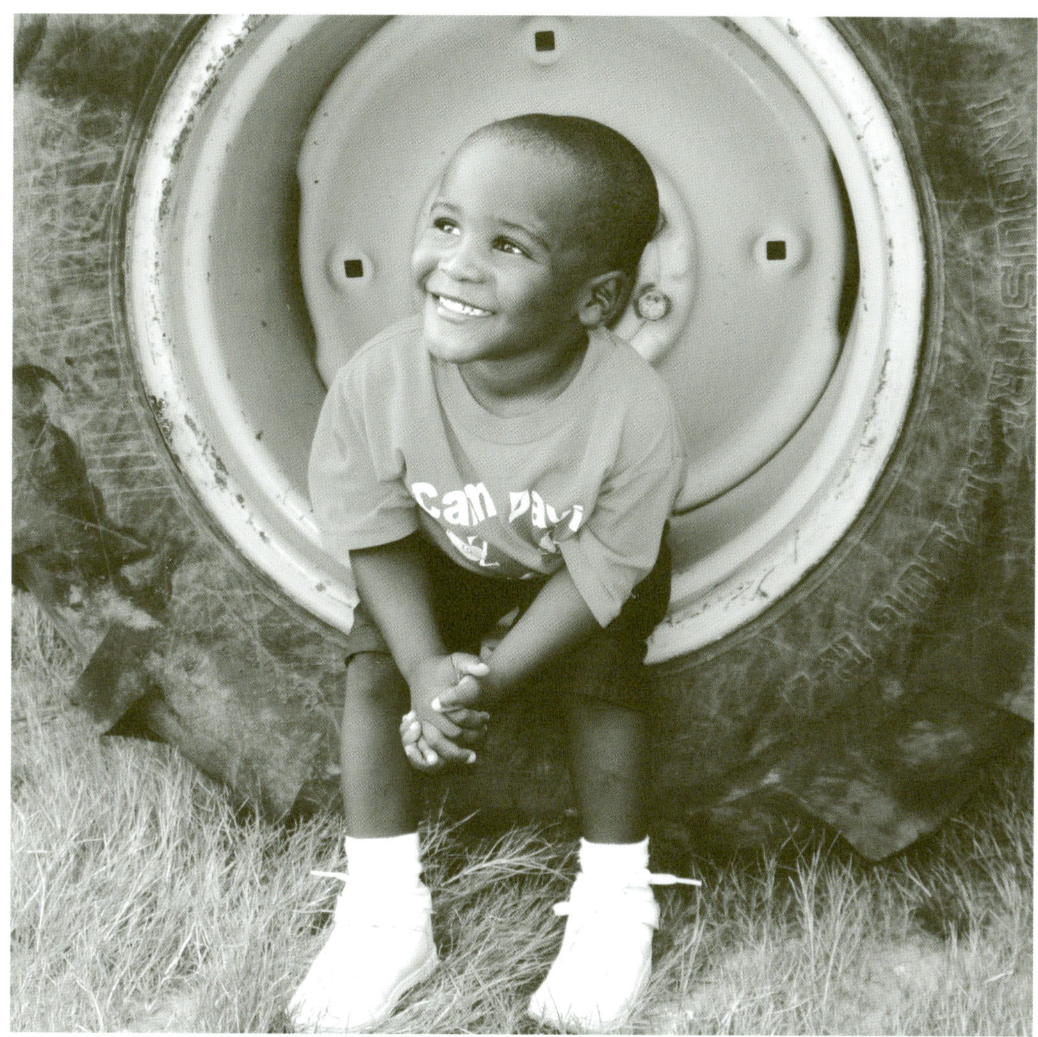

아들에게는

냉혹하지 않고도 경쟁력을 지닐 수 있으며

이기적인 유혹을 피하라고 가르치는 엄마,

기회가 다시 주어지면 더욱 열심히 노력해야 하며

가족이 일보다 소중하다고 가르치는

그런 엄마가 필요하다.

A son needs a mom···

to teach him that he can be competitive without being ruthless.

to teach him to avoid selfish temptations.

to teach him to try harder when given a second chance.

to teach him that family is more important than work.

아들에게는 질투는 관계를
망칠 수도 있다고 말해주는 그런 엄마가 필요하다.

A son needs a mom to tell him that jealousy
can ruin a relationship.

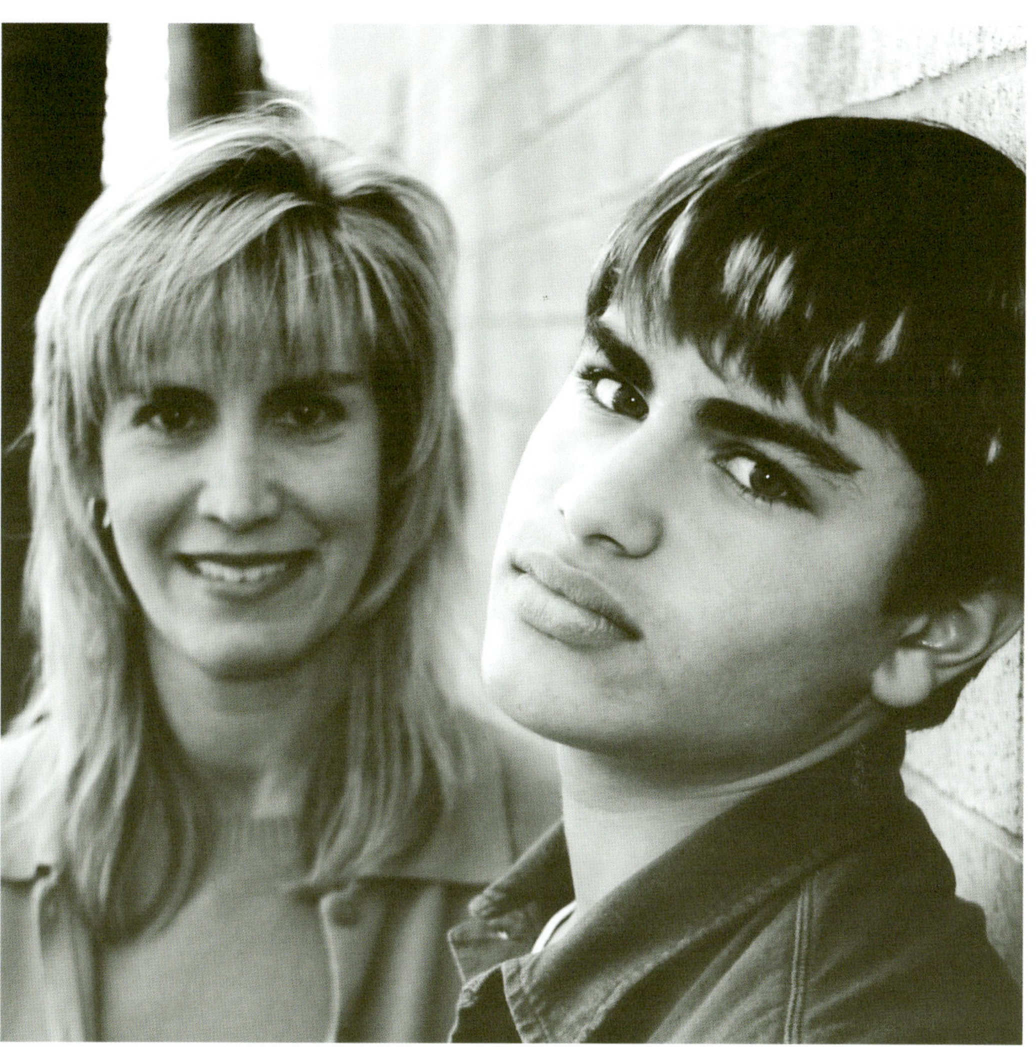

아들에게는 재미있게

놀 줄 아는 그런 엄마가 필요하다.

A son needs a mom who knows how to have fun.

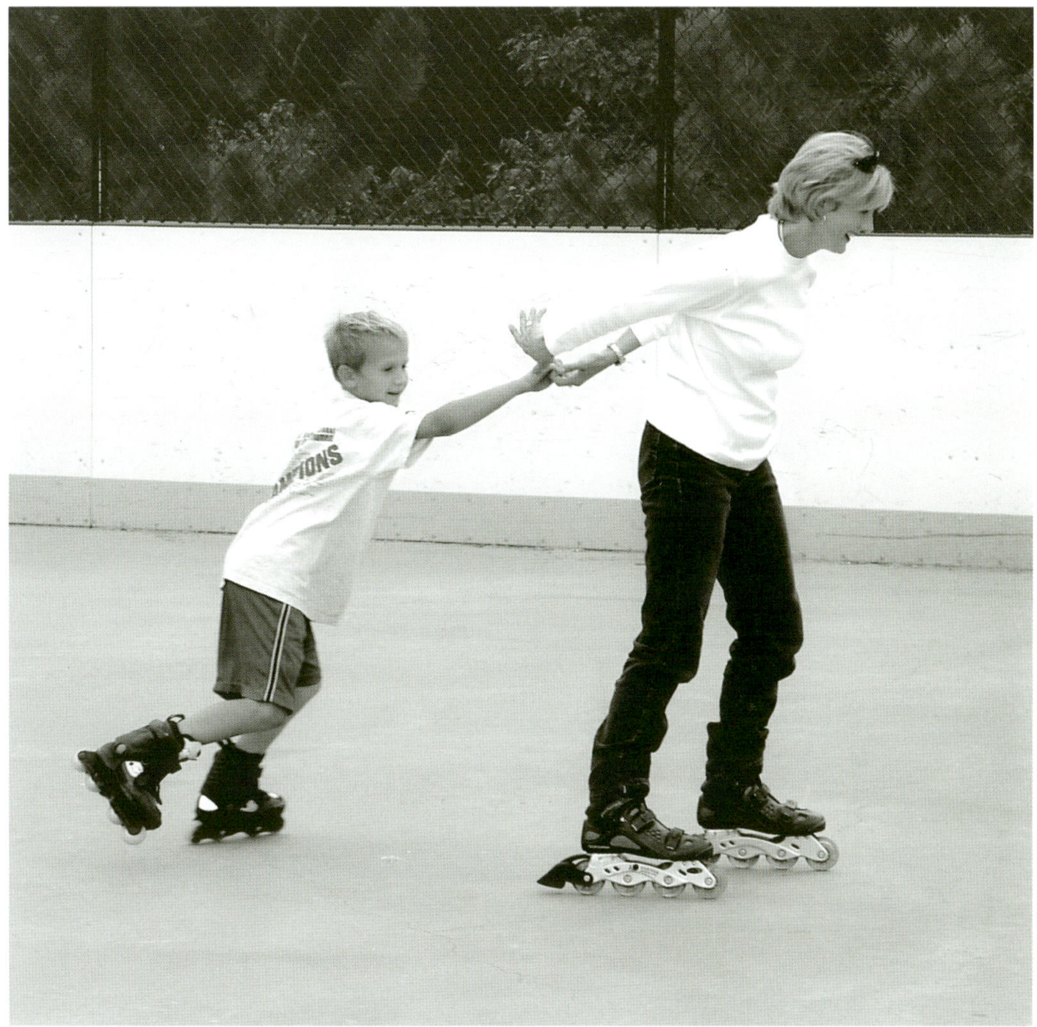

아들에게는 다른 사람의 말에

귀 기울이는 기술을 가르쳐주는 그런 엄마가 필요하다.

A son needs a mom to teach him the art of listening.

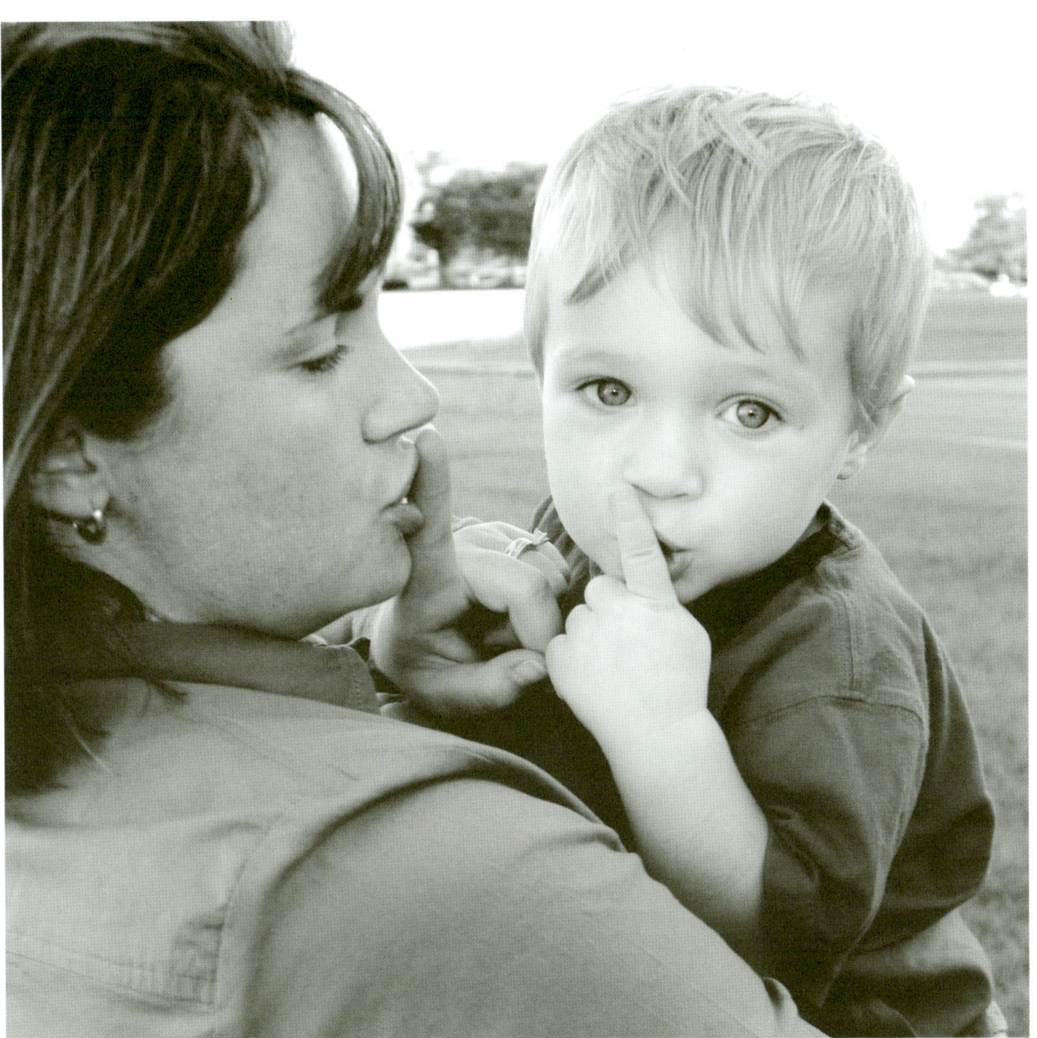

아들에게는

어디 두었는지 모르는 물건이 있는 장소를 알고 있고

아들이 자라면서 엄마에게서 바라는 것이 바뀐다는 사실을 이해하는 엄마,

아들의 재능과 열정을 찾아 그쪽으로 이끌어주며

전화 한 통이면 언제나 연락이 닿을 수 있는

그런 엄마가 필요하다.

A son needs a mom···

who knows where to find what he has misplaced.

who understands that what he needs from her changes as he grows older.

who leads him toward his talents and passions.

who is never more than a phone call away.

아들에게는 가장 먼저 숙제를
끝내야 한다고 강조하는 그런 엄마가 필요하다.

A son needs a mom to make sure he finishes
his homework first.

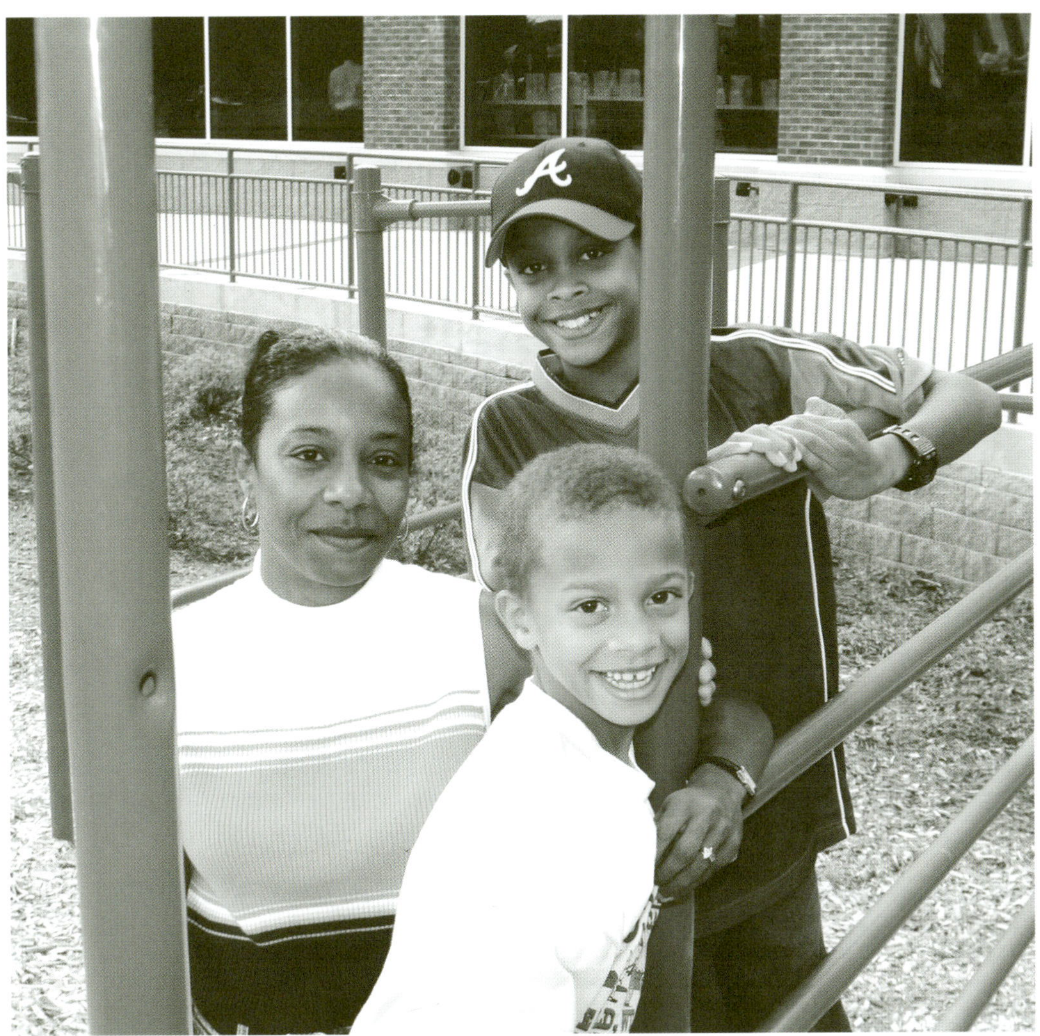

아들에게는 아들이 전해주는

새로운 소식을 언제나 재미있어하는 그런 엄마가 필요하다.

A son needs a mom who is always excited
to hear his news.

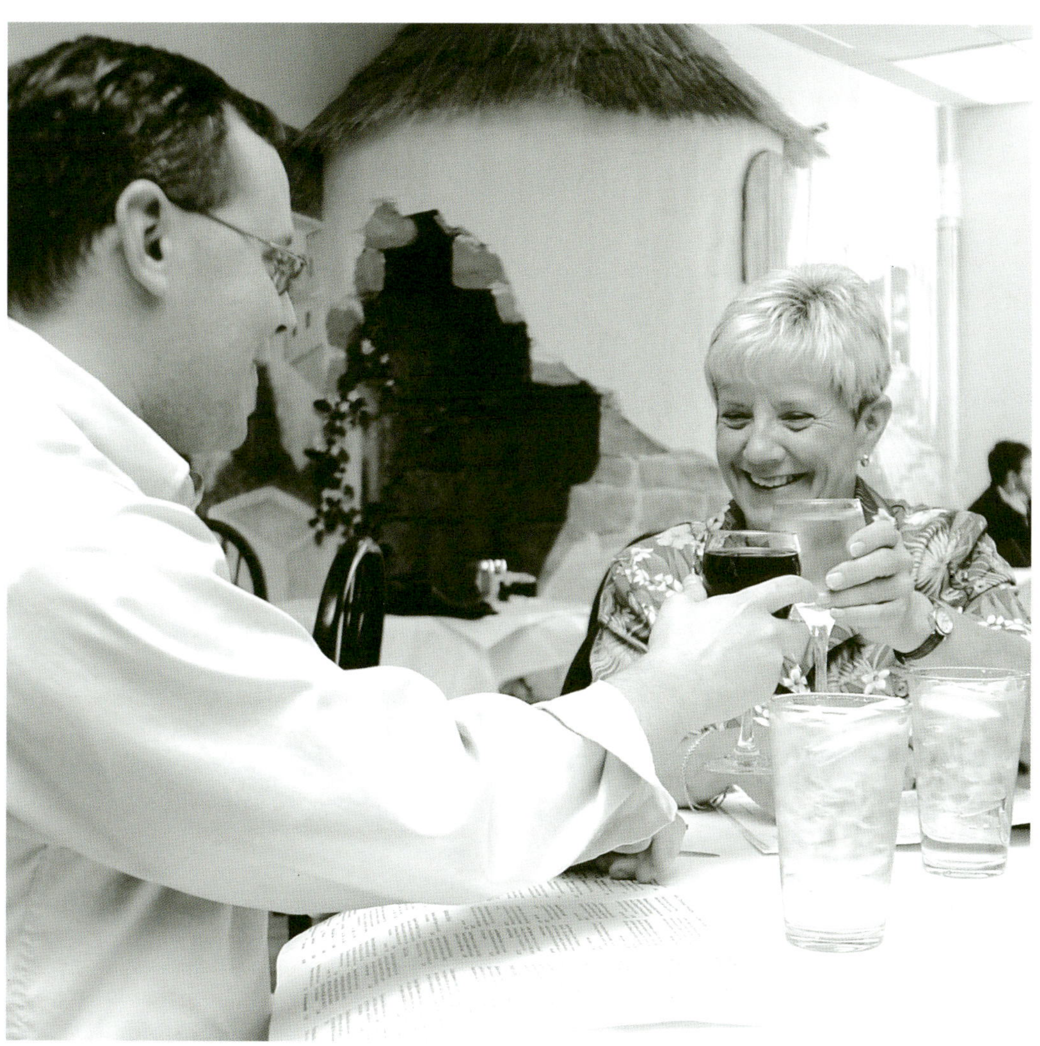

아들에게는 유머감각은 언제 어디서나

빛을 발한다고 가르치는 그런 엄마가 필요하다.

A son needs a mom to teach him that a sense of humor
will never lose its luster.

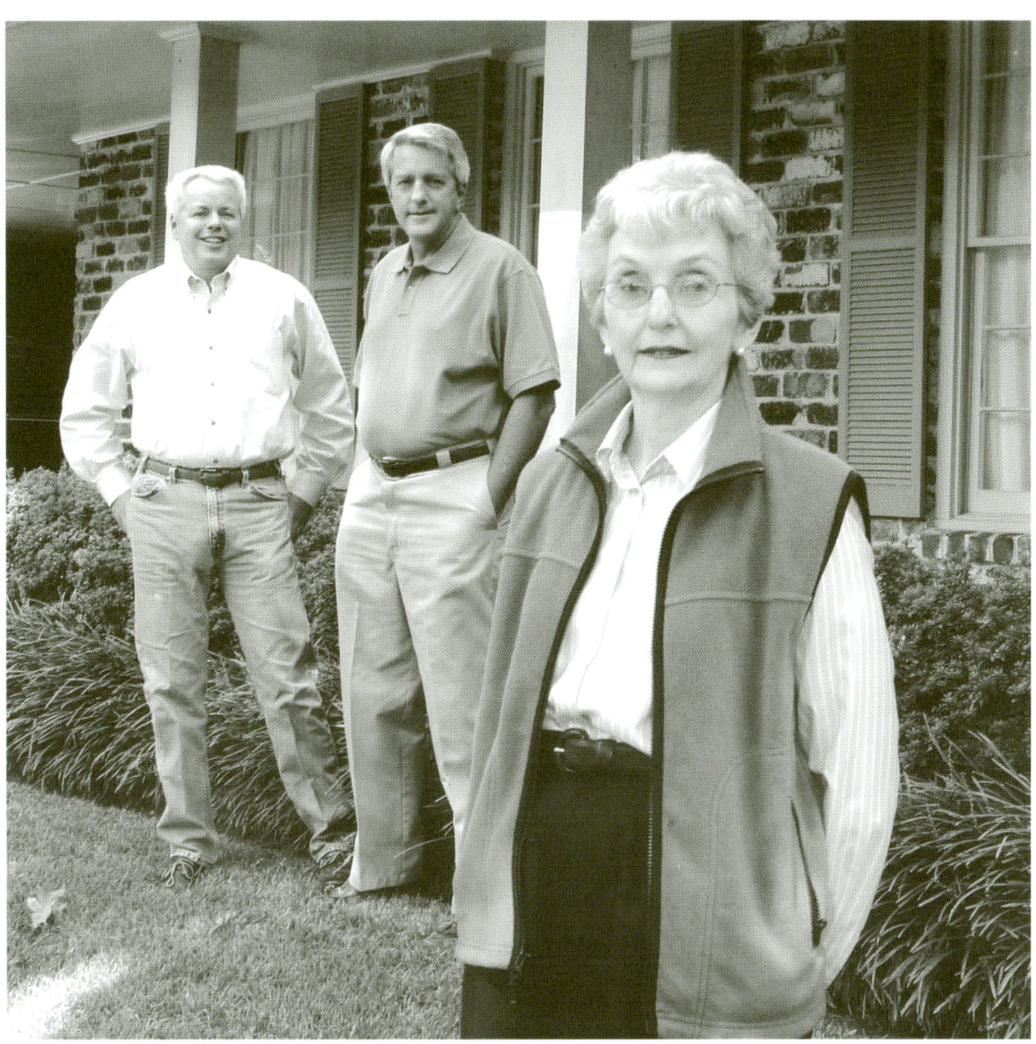

아들에게는
소리내어 울어도 괜찮다는 사실을 알게 해주고
첫 댄스 파트너가 되어주는 엄마,
무조건적인 사랑이 무언지 몸소 보여주며
여자들의 비밀을 이해할 수 있게 도와주는
그런 엄마가 필요하다.

A son needs a mom···

to let him know it is okay to cry.

to be his first dance partner.

to show him what it means to love unconditionally.

to help him understand the secrets of girls.

아들에게는 아들의 마음속에

고통이 들어갈 자리가 없도록 보살펴주는 그런 엄마가 필요하다.

A son needs a mom to make sure there is no room
for bitterness in his heart.

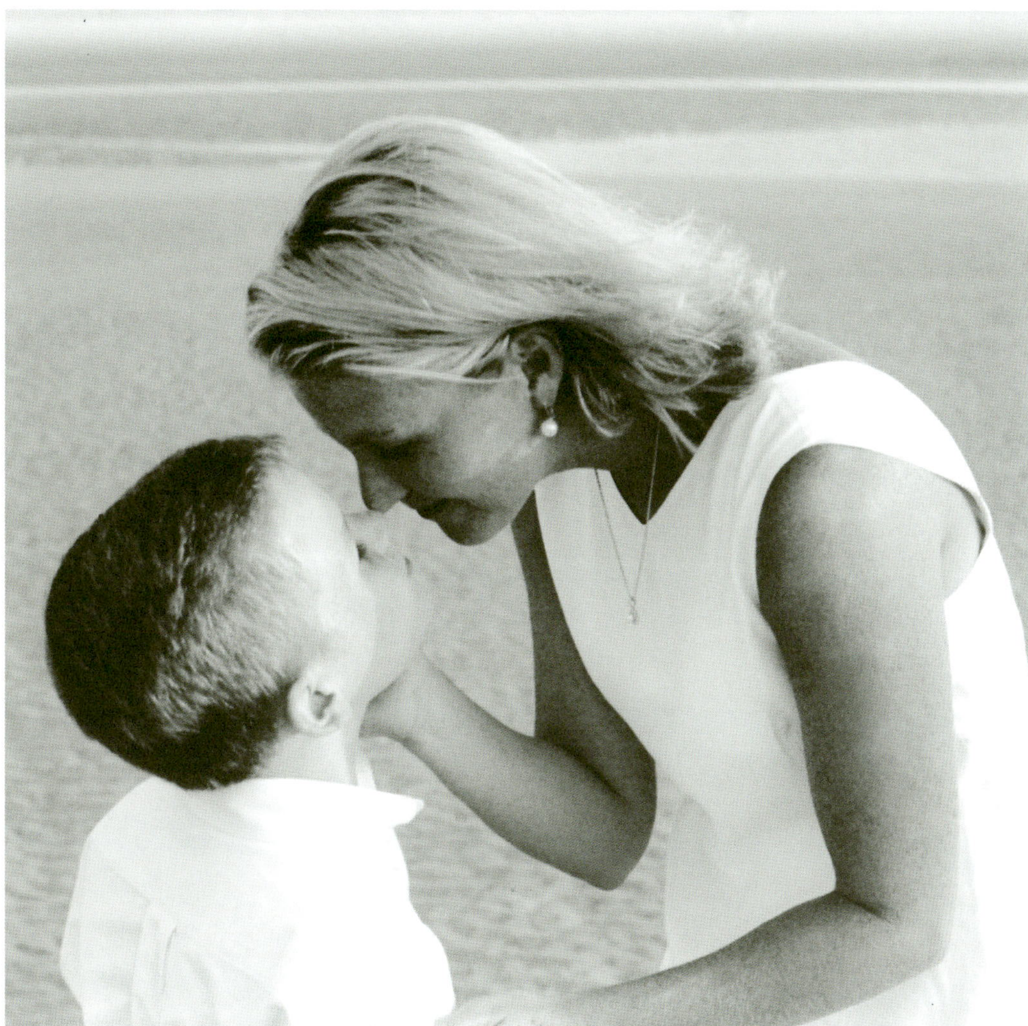

아들에게는

여자애들의 눈길이 닿는 세세한 부분에까지 주의를 기울일 수 있게 해주고

편지를 통해서라도 항상 아들 곁에 있어주는 엄마,

아들이 결혼할 나이가 되면 기꺼이 떠나보내고

아버지가 될 준비를 하도록 도와주는

그런 엄마가 필요하다.

A son needs a mom···

to help him attend to the details girls will notice.

who is always there for him, even if by mail.

who will let him go when he is ready to marry.

to help prepare him for being a father.

아들에게는 어린 시절을

사랑과 관심으로 가득 채워주는 그런 엄마가 필요하다.

A son needs a mom to fill his childhood
with love and affection.

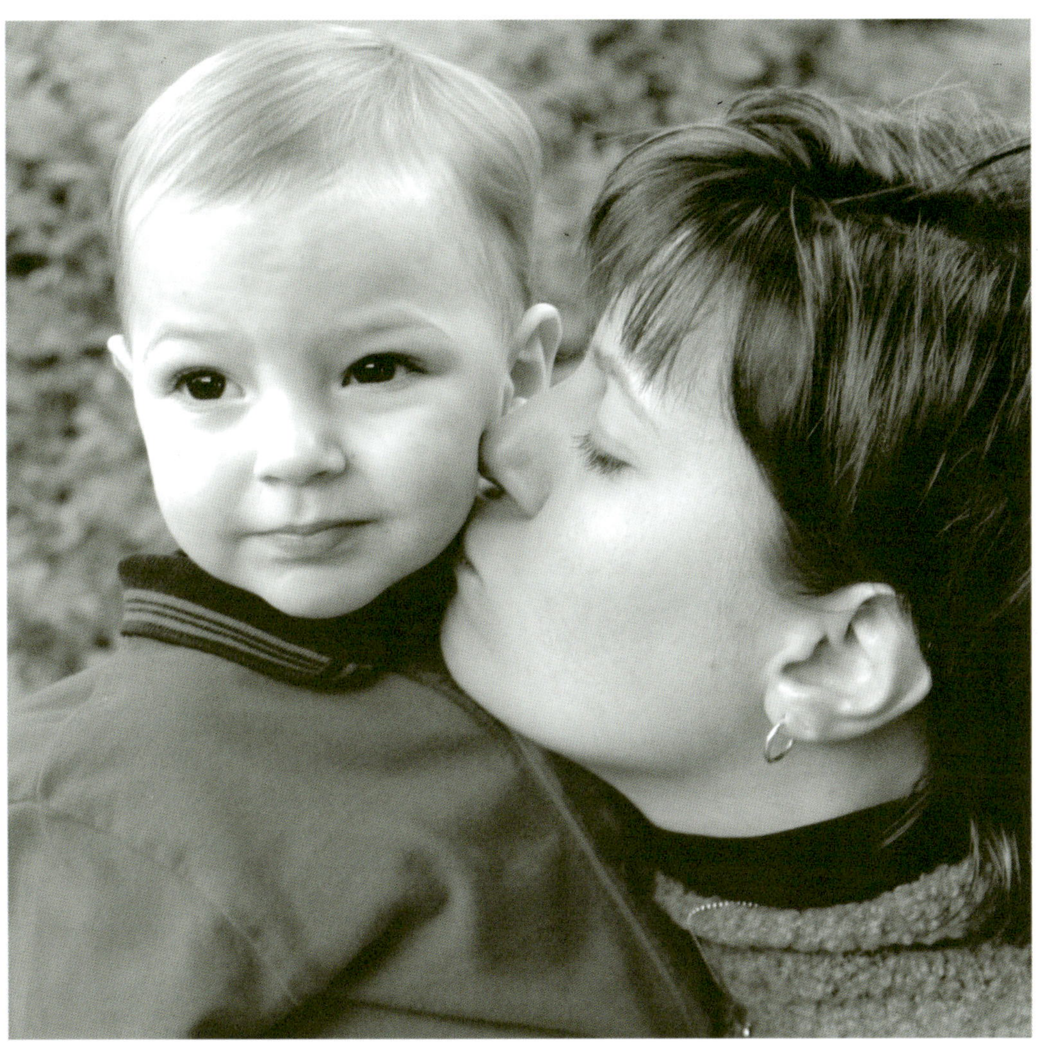

아들에게는 언제나 돌아갈 집이

있다는 확신을 주는 그런 엄마가 필요하다.

A son needs a mom who will always make sure
he has a home to come back to.

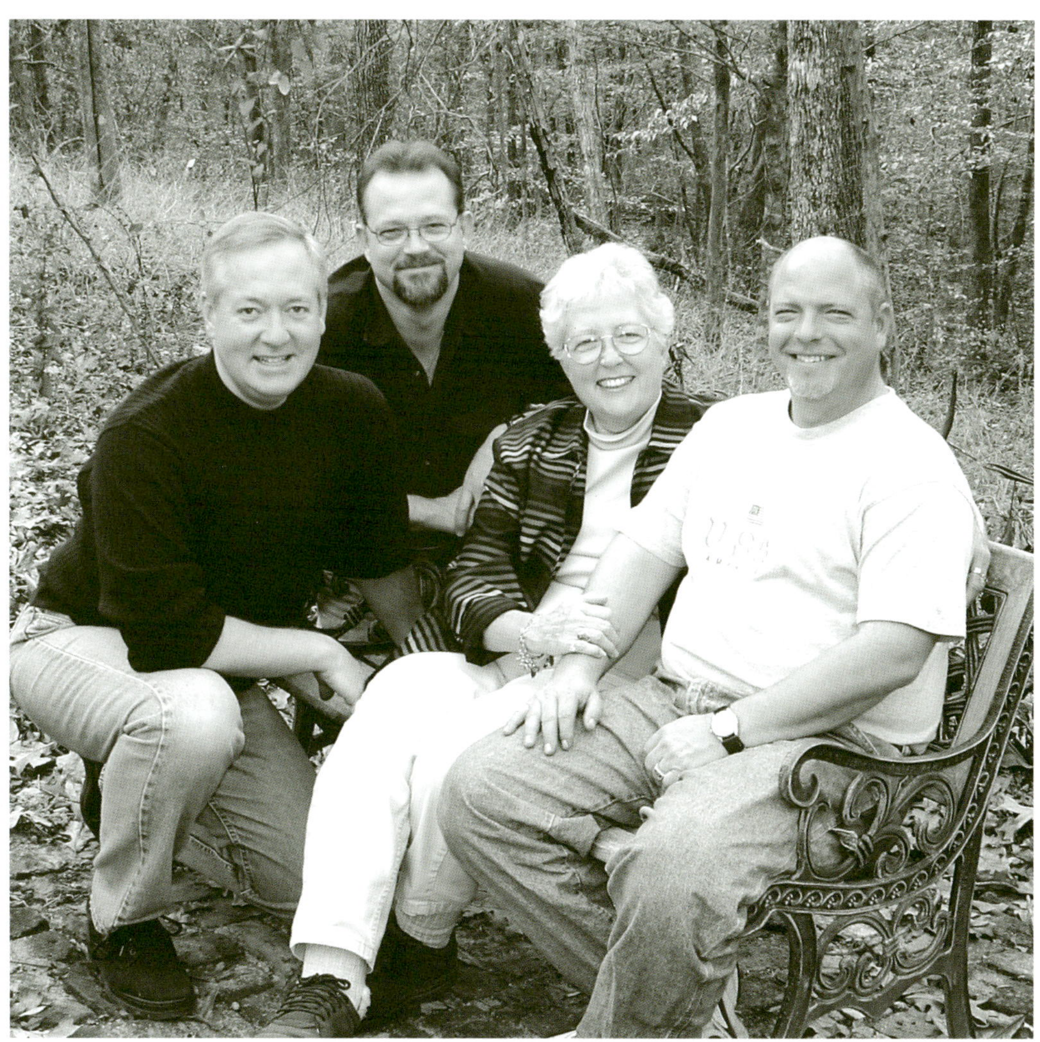

아들에게는 여자와 남자는

동등하다는 사실을 일깨워주는 그런 엄마가 필요하다.

A son needs a mom who shows him
that men and women are equals.

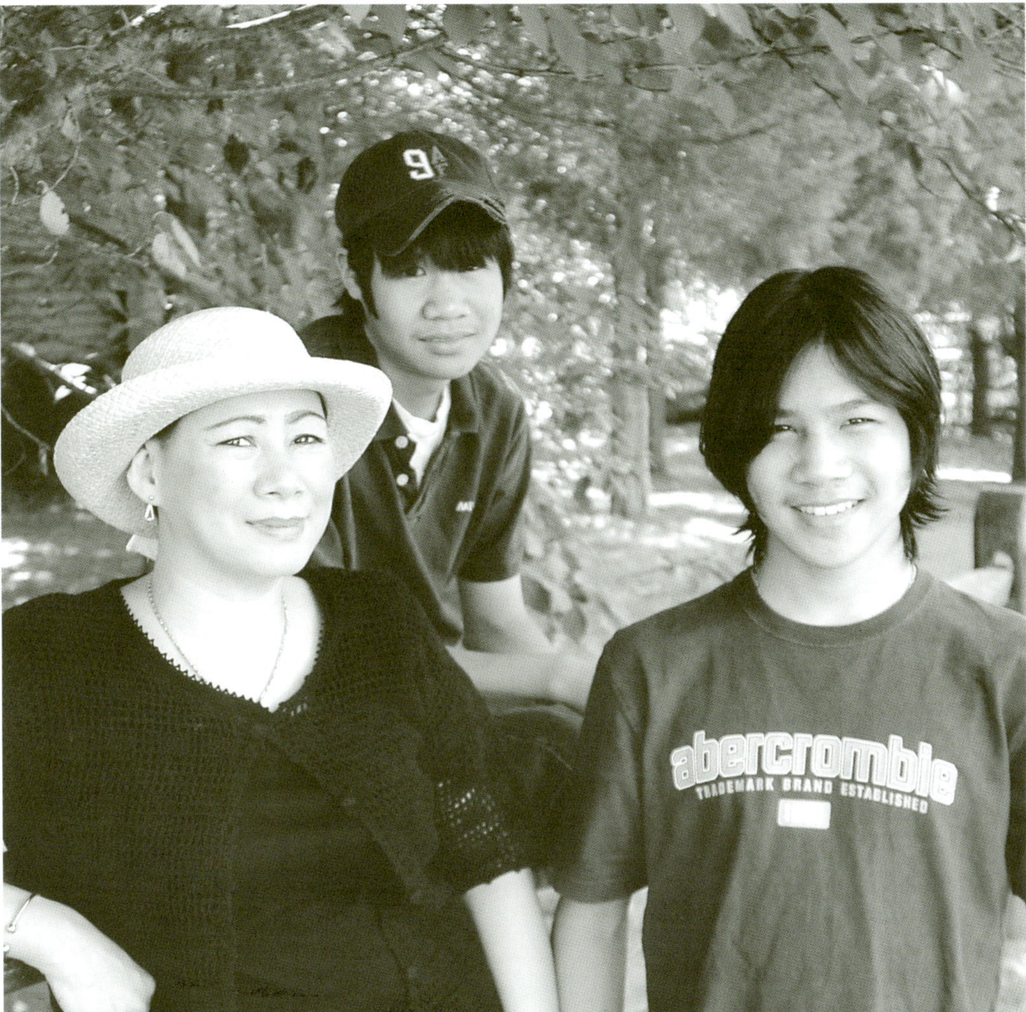

아들에게는

두 팔과 가슴, 마음이 항상 열려있으며

잘못된 것을 고치지 않고 그냥 지나치는 법이 없는 엄마,

포옹과 키스를 아끼지 않고

다른 사람의 프라이버시를 존중하고 이해할 수 있게 도와주는

그런 엄마가 필요하다.

A son needs a mom···

whose arms, heart, and mind are always open.

who will not fail to discipline him for his misdeeds.

who never tires of his hugs and kisses.

to help him understand and respect personal space.

아들에게는 신사처럼

행동하는 법을 가르쳐주는 그런 엄마가 필요하다.

A son needs a mom to teach him how to conduct
himself like a gentleman.

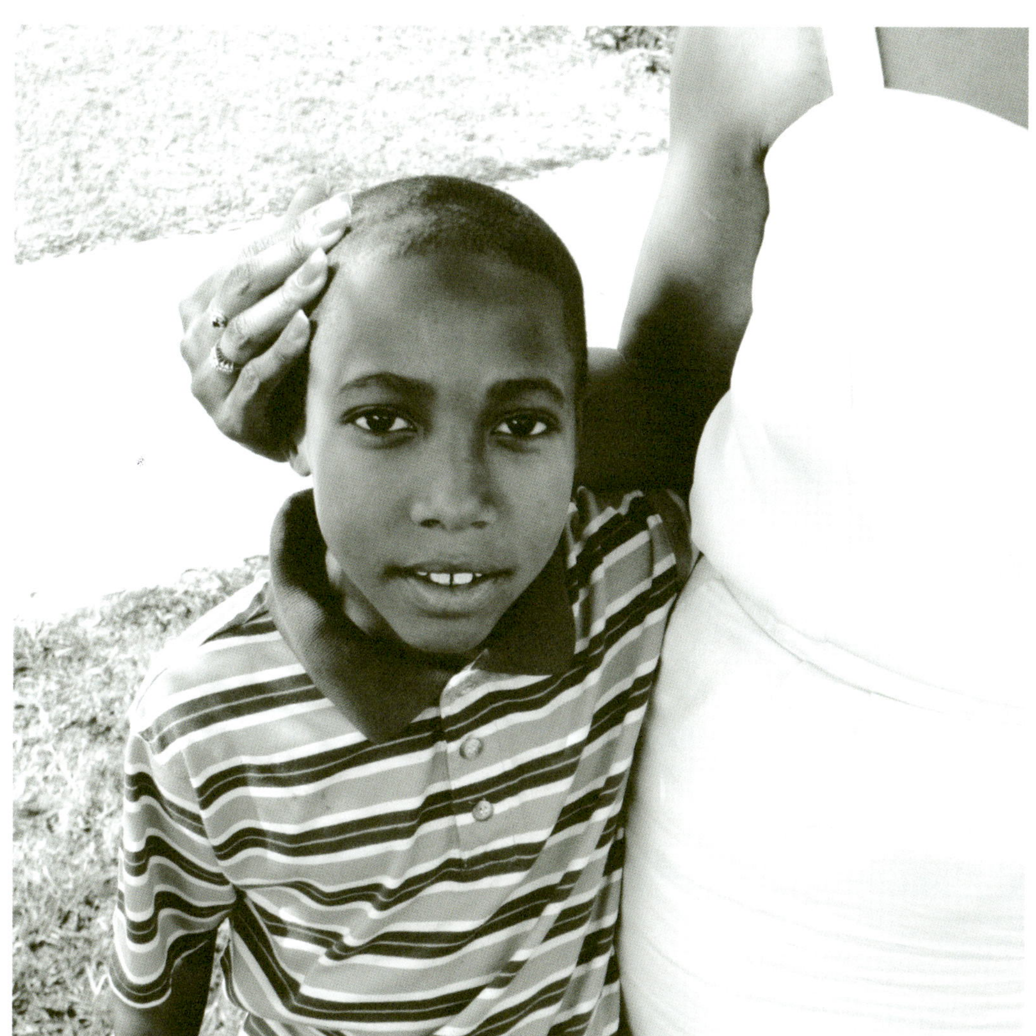

아들에게는
아들이 사랑에 빠졌을 때 조언을 해주고
세상에 나가 친절의 힘을 실천하라고 가르치는 엄마,
아들이 아직 이해할 수 없는 것을 설명해주고
남자답다는 것은 터프한 것 이상을 의미한다고 말해주는
그런 엄마가 필요하다.

A son needs a mom···

to advise him when he falls in love.

to teach him to be a force of kindness in the world.

to explain to him what he cannot yet understand.

to tell him that there is more to being a man than being tough.

아들에게는 거리낌없이
사랑하는 법을 보여주는 그런 엄마가 필요하다.

A son needs a mom to teach him how to show
love without restraint.

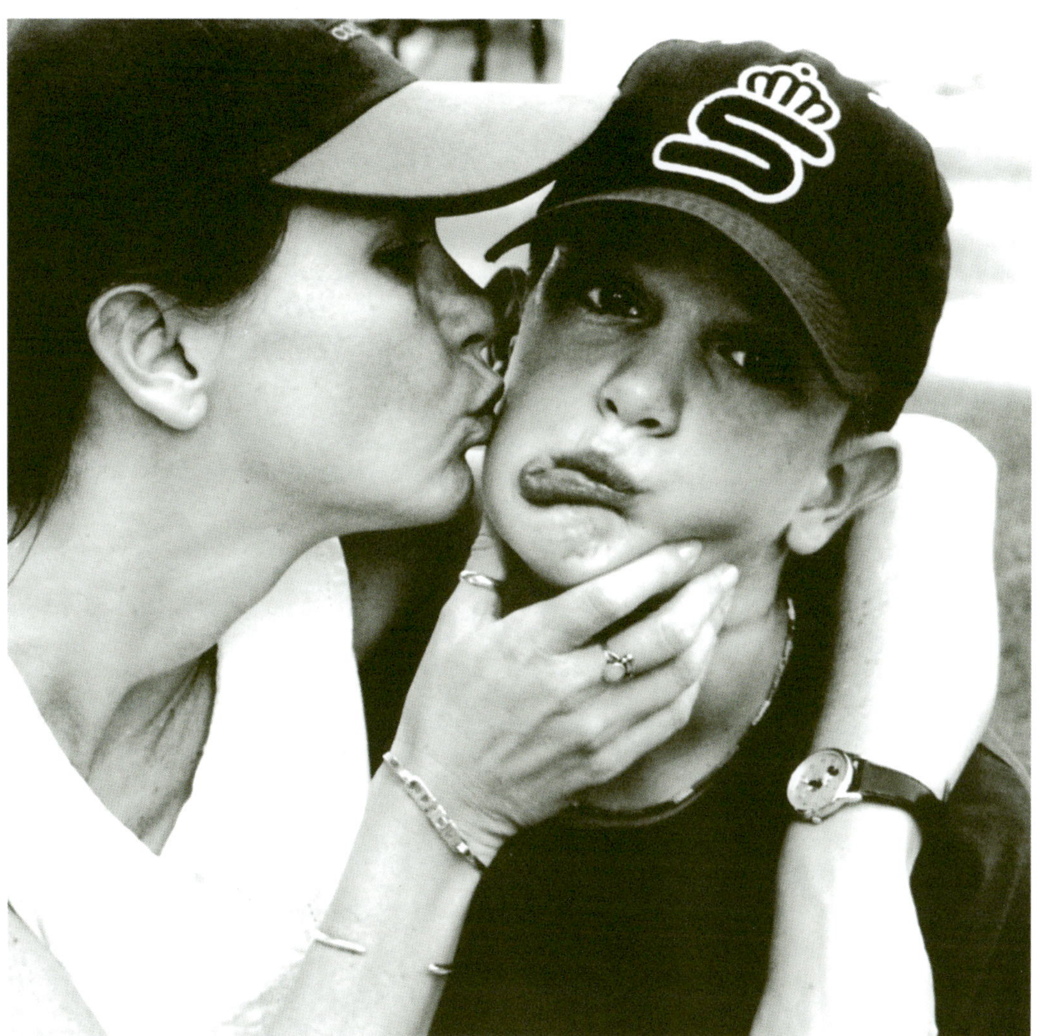

아들에게는 엄마가 필요하다.

엄마가 없으면 살아가면서 당연히 누려야 할 것들이 줄어드니까.

A son needs a mom because without her he will have less
in his life than he deserves.

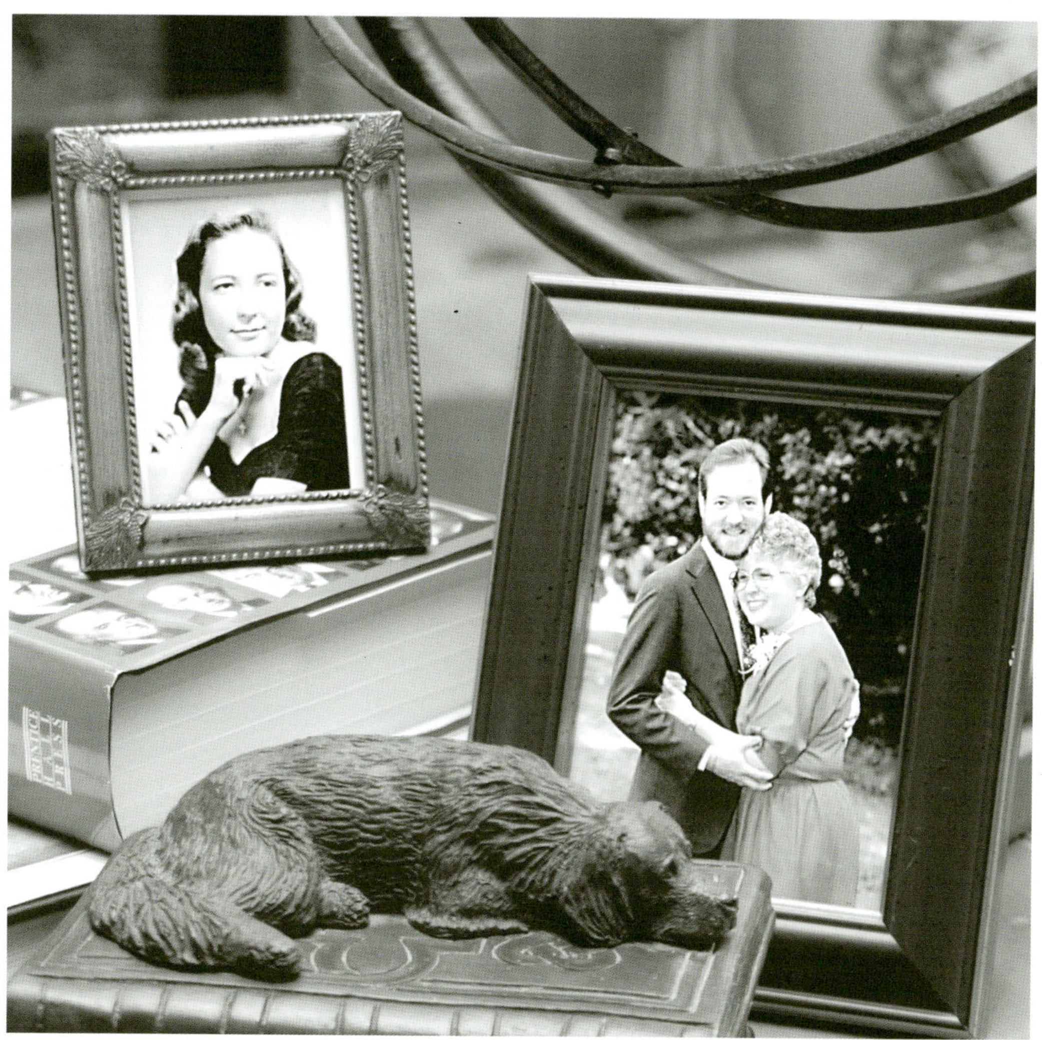

에필로그

우리 집 벽난로 위에는 오래된 어머니의 사진이 놓여있다. 고등학교를 막 졸업할 무렵 찍은 사진이다. 어머니가 진로를 바꿔 아이 엄마가 되는 길을 선택하기 불과 몇 년 전이었다. 당시 어머니는 아름다웠다. 어깨까지 내려오는 긴 머리에 자신감 넘치는 커다란 두 눈, 그리고 따뜻한 미소. 나는 어머니가 자기에게만 신경 쓰면 되었던 젊은 시절에는 정열적이고 생기발랄해서 인기가 많았다고 들었다. 그 사진은 어머니 사진 중에서 내가 가장 좋아하는 것이다. 비록 누렇게 빛이 바래긴 했지만 내가 사는 곳이면 어디든 항상 고이 모셔놓고 내가 떠나온 둥지를 생각했다. 어머니가 나를 포함해서 다섯 형제를 키웠던 집, 그리고 항상 돌아가 안기고 싶은 가슴, 무조건적인 사랑이 있고 언제든 나를 받아들여주는 곳.

내 어릴 적 기억들 중에는 우리 형제들이 별 탈 없이 잘 지내는지, 어디 불편한 데는 없는지 확인하기 위해 어머니가 했던 수많은 일들이 들어있다. 매일 아침 따뜻한 아침 식사가 우리를 기다렸고 집에서 직접 구운 빵도 종종 식탁에 올랐다. 점심 도시락은 각자가 좋아하는 음식으로 채워졌고, 저녁 식탁에는 항상 누군가가 좋아하는 음식이 올

라왔다. 그렇게 많은 식구들을 해서 먹이느라 어머니는 대부분의 시간을 보냈다. 요리에 대한 나의 열정과, 요리는 진지한 애정 표현이라는 믿음은 어머니에게서 비롯된 것이다. 생일이면 어머니는 어김없이 자식이 먹고싶다는 생일 케이크를 구워주었고, 아파 누워있는 아이에게 수프를 가져다주었고, 우리 입맛에 맞춰 조리법을 바꿔주었으며, 집에서는 항상 명절 전날 같은 냄새가 났다.

어머니는 또 우리에게 옷을 만들어 입혔고, 까지고 베인 곳을 치료해주었으며, 각자 방과후 활동하는 곳까지 차를 태워주었다. 언제나 우리 편이 되어주었고, 뭔지 확실하진 않지만 몹시 갖고 싶어했던 크리스마스 선물을 골라주었다. 어려운 숙제를 도와주고, 눈물을 닦아주었으며, 짜증이 나도 참으셨다. 그러면서도 한 아이라도 소홀히하거나 아이들 각자에게 필요한 것을 해주지 못한 것은 아닌지 늘 확인했다. 어머니에게는 그 보다 더 중요한 일이 없는 것 같았다. 아버지와 갈등이 생기면 중간역할을 해주었고, 자전거 타는 법을 가르쳐주었으며, 금전 출납부 적는 법도 가르쳐주었다. 단추를 다는 법, 칠면조가 다 구워졌는지 알아보는 법, 기저귀 가는 법과 감기를 치료하는 법도 가르쳐주었다. 오랜 세월이 지나 내 자식이 태어났을 땐 아기가 울면 요구사항이 무엇인지 알아내는 법도 가르쳐 주었다. 어머니는 하나씩 두고 보면 서로 상관없는 것 같은 많은 일들을 해주었는데 모두 함께 놓고 보면 그것들이 지금의 나를 만들었다. 어머니는 또한 다른 사람들이 눈치 채지 못하게 해주는 것들도 있었다. 어머니가 어떤 분인지 아는 나로서는 나 혼자만 그런 특권을 누렸던 게 아니라는 것을 확신한다. 하지만 어머니는 어머니로서 해야 하는 매일매일 반복되는 의무 이상을 해주는 것으로 우리에게 사랑한다는 사실을 알리려고 했다.

우리 아들들은 부모님께 각자 나름대로 문제를 안겨주었고 어머니는 무슨 일이 닥쳐도 해결사로서의 능력을 어김없이 발휘했다. 행여 우리에게 실망한 적이 있었다 해도 어머니의 행동에 가려 전혀 표시가 나지 않았을 것이다. 한 아들이 곤경에 처하면 어머니는 그 곁에서 다른 길을 찾을 수 있게 도와주었다. 다른 아들이 어려움을 겪고 있으면 상황이 나아질 때까지 그 곁에서 힘이 되어주었다. 또, 슬픔에 빠져 허탈해하는 아들이 있으면 어머니는 그 곁에서 위로와 희망을 주었다. 자식이 병이라도 날 것 같으면 그 곁을 떠나지 않고 보살펴주었다. 어머니는 우리 전체를 사랑했지만 어머니만 할 수 있는 표현방식으로 하나하나 개인적으로도 사랑했다. 그리고 어머니는 어떤 일이 있어도 우리 곁을 지켰고 앞으로도 그럴 것이다. 둥지는 떠나갔지만 어머니의 마음에서는 결코 떠나지 않은, 다 자라 성인이 되었지만 항상 어머니의 사랑하는 아들 딸인 우리는 각자 여전히 어머니를 찾을 것이고, 어머니는 또 언제든 우리 곁으로 와줄 것이다. 아낌없는 어머니의 헌신, 자식에게 힘이 되고자 하는 지칠 줄 모르는 노력, 우리가 옳은 일을 할 것이라는 흔들리지 않는 믿음, 우리의 가치에 대한 절대적인 신뢰. 이런 것들이 예전에도 그랬고 지금도 우리가 사랑받고 있다는 사실을 알게 해준다.

　　　나는 다섯 아이들 중 장남이었다. 태어나서 50여 년이 넘기까지 어머니가 변하는 모습을 지켜보았다. 또 많은 부분이 변하지 않고 남아있다는 것도 안다. 지금은 내가 보물처럼 아끼는 사진 속의 젊은 여성보다 훨씬 늙었지만, 상대가 무슨 말을 하든 귀를 기울여 열심히 들어주면서 부드럽게 쓰다듬어주는 것이나 다정한 눈길은 여전히 상대를 안심시키는 힘이 있다. 따뜻한 미소도 여전하고, 어머니를 찾아가는 사람이면 누구나 기대할 수 있는 환한 웃음과 진심 어린 포옹도 여전하다. 난 아직도 어머니에게서 생일 카드를 받고, 집에 가면 좋아하는 음식을 먹을 수 있으며, 어머니로부터 전폭적인 지지와 박수를 받는다. 어머니가 내가 해낸 일들을 자랑스럽게 느낀다는 표시다. 지금은 어머니의 걸음걸이가 훨씬 느려지고 두 손도 예전보다 많이 굼뜨다. 건강 때문에 점점 더 많은 것들을 포기해야 하지만 어머니는 때때로 예전처럼 움직이려고 애를 쓴다. 그러나 이런 모든 변화에도 불구하고 어머니는 우리가 필요로 하면 어김없이 우리 곁을 지키고 있다.

나는 어머니의 꿈이 무엇이었는지 모른다. 어릴 때 자신을 위한 어떤 계획을 마음에 두고 있었는지, 어디를 가고 싶어했는지, 다른 삶을 택했더라면 어떤 사람이 되었을지 알지 못한다. 그런 것도 모르는 내가 부끄럽다. 내가 여쭤봤던 적도 없었지만 어머니가 당신이 살아온 삶에 실망하는 말을 입 밖으로 내뱉었던 적이 한 번도 없었기 때문에 모르는 것이기도 하다. 게다가 어머니가 후회한다는 말을 한 번도 하지 않았기 때문에 모를 수도 있다. 설사 후회하는 부분이 있었다 하더라도 어머니는 지금까지 살아온 삶에 대해서 탄식하거나 세월이 앗아가버린 것들에 대해 실망하는 빛을 내보이지 않았다. 어쩌면 바꾸기에는 너무 늦었다는 생각에 삶을 있는 그대로 받아들였을 뿐인지도 모른다. 아니면 지금까지 살아온 삶이 만족스러웠을 수도 있다. 나는 후자로 생각하고 싶다. 왜냐하면 어머니는 자신을 필요로 하는 사람이 있으면 어머니로서, 할머니로서, 또 엄마 겸 할머니로서 역할을 즐겼다는 사실을 알고 있기 때문이다. 어머니를 알게 된 사람들은 행운아였다. 내가 이렇게 생각하는 까닭은 어머니는 한 번도 엄마 역할이나 누군가를 보살펴줄 기회를 놓치는 적이 없다는 것을 알기 때문이다.

나는 어머니를 정말 사랑한다. 언젠가는 어머니께 해드리고 싶은 일들도 많다. 하지만 무엇보다 먼저 어머니께 해드리고 싶은 것은 "감사합니다."라고 말하는 거다. 나는 자식이, 특히 아들은 어머니에게서 받은 것들에 걸맞는 고마움을 표현하기가 거의 불가능하다고 생각한다. 나도 그럴 것이다. 하지만 노력은 할 것이다. 어머니가 내게 해주셨던 그대로. 어머니가 나를 필요로 하면 그게 무슨 일이든 상관없이 나는 어머니 곁으로 달려갈 것이다. 어머니 사랑합니다.

아들에게 엄마가 필요한 100가지 이유

그레고리 E. 랭 글 · 사진
이혜경 옮김

초판 1쇄 발행 2004년 5월 12일
초판 5쇄 발행 2010년 4월 19일

펴낸이 · 한 순 이희섭
펴낸곳 · 나무생각
편집 · 정지현 이은주
디자인 · 이은아
마케팅 · 김종문 이재석
관리 · 김하연
출판등록 · 1998년 4월 14일 제13-529호

주소 · 서울특별시 마포구 서교동 475-39
전화 · (대)334-3339, (편)334-3308, (영)334-3316
팩스 · 334-3318
이메일 · tree3339@hanmail.net
홈페이지 · www.namubook.co.kr

값은 뒤표지에 있습니다.
ISBN 89-88344-85-5 04840

잘못된 책은 바꿔 드립니다.

나무생각이 발행하는 '패밀리북' 은 특허청 상표등록 출원 중입니다.
(출원번호 40-2004-0000534)